書下ろし

冬《とう》波《は》

風烈廻り与力・青柳剣一郎㉒

小杉健治

祥伝社文庫

目次

第一章　疑念　9
第二章　第三の男　86
第三章　男の素性　169
第四章　償《つぐな》い　253

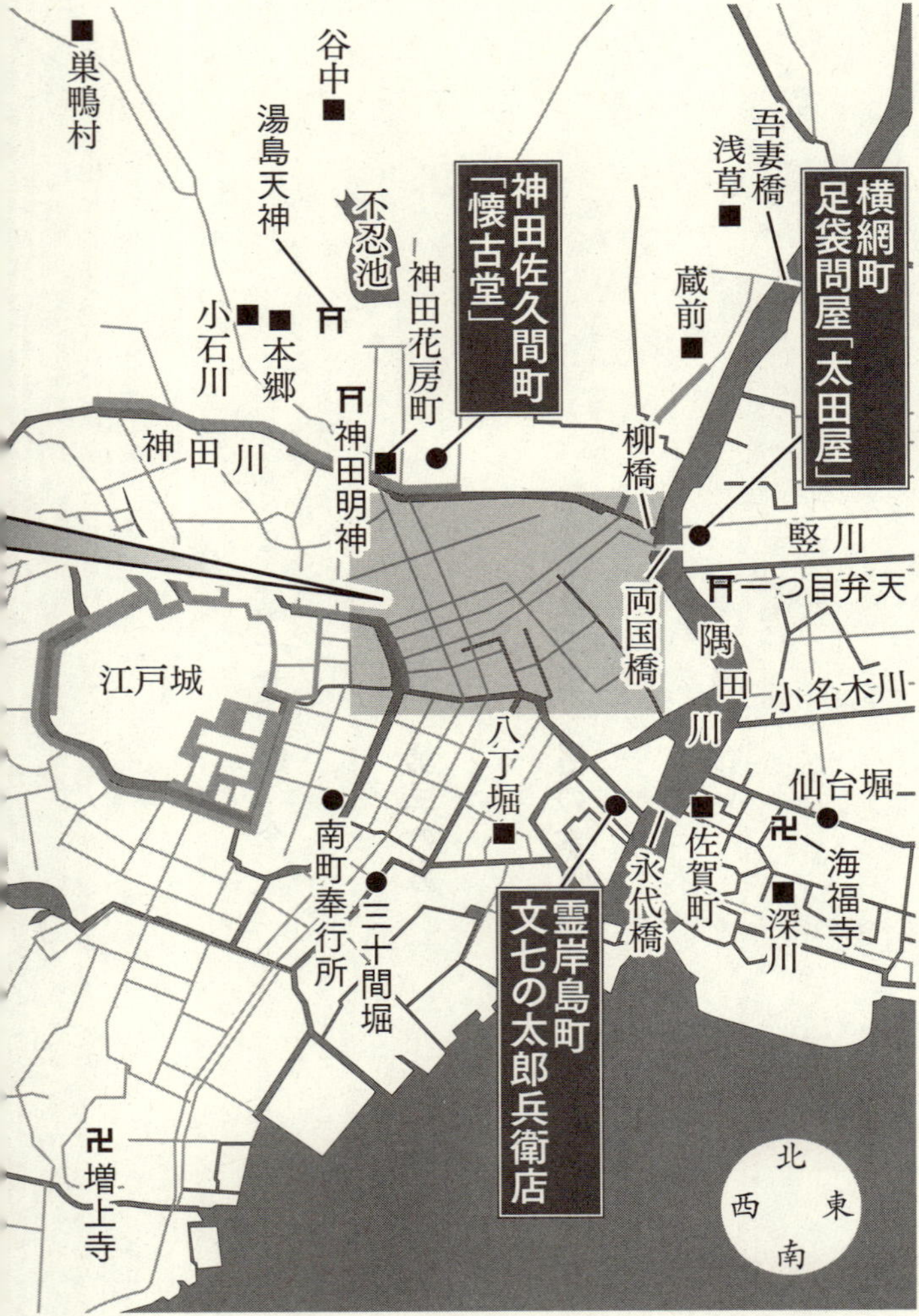

巣鴨村
谷中
湯島天神
不忍池
小石川
本郷
神田川
神田明神
神田花房町
神田佐久間町「懐古堂」
浅草
吾妻橋
蔵前
横網町足袋問屋「太田屋」
柳橋
両国橋
竪川
一つ目弁天
隅田川
小名木川
江戸城
八丁堀
仙台堀
佐賀町
海福寺
深川
永代橋
南町奉行所
三十間堀
霊岸島町文七の太郎兵衛店
増上寺
北
西
東
南

浜町堀界隈
柳原通り
昌平橋
筋違橋
和泉橋
須田町
紙問屋「備前屋」
牢屋敷
小伝馬町
日本橋富沢町
おこうの家
両国
広小路
薬研堀
元柳橋
千鳥橋
小舟町
政次の市兵衛店
東堀留川
浜町堀
一石橋
日本橋
江戸橋
小網町

「冬波」の舞台

第一章 疑念

一

旧暦十一月三日の夜。ときおり、霙《みぞれ》が降ってきた。肌を刺すような冷気が襲いかかる。夜が更け、さらに底冷えが厳しくなった。

捕物出役が出張って来て、浜町堀《はまちょうぼり》に近い二階家の周囲は騒然としていた。

日本橋富沢町《にほんばしとみざわちょう》に住む金貸しの使用人多助《たすけ》が主《あるじ》の善兵衛《ぜんべえ》を殺して、同じ町内に住むおこうの家に逃げ込んだと、町名主が月番の南町奉行所に訴え出たのだ。

ただちに、お奉行は多助を捕縛するために捕物出役を命じた。

捕物出役は当番方の与力や同心の役目であり、お奉行の水杯《みずさかずき》を受けて南北の奉行所をそれぞれ出立した。そして、南北の与力、同心は一石橋《いっこくばし》の袂《たもと》で落ち合い、浜町堀の近くにあるおこうの家に町名主の案内で駆けつけたのである。

火事羽織《かじばおり》に野袴《のばかま》に陣笠をかぶった南北の検使出役与力がひとりずつふたり。鎖《くさり》帷子《かたびら》に鉢巻き、小手、臑当《すねあ》てをつけ、白衣を爺端折《じじいばしょ》りした南北の同心がふたりずつで四人。

この一行の中に、南町の見習い与力青柳剣之助《あおやぎけんのすけ》が火事羽織に野袴に陣笠をかぶって加わっていた。

いま、多助はおこうを人質にとって立て籠《こ》もっている。采配を振るうのは月番である南町奉行所当番方与力の村本繁太郎《むらもとしげたろう》である。二十六歳、小肥《こぶと》りな体で、緊張のためか色白の顔に少し赤みがさしている。

ただし、与力はあくまでも検使が目的であり、実際に捕縛に関わるのは同心だけである。南町の同心が表を、北町の同心が裏にまわった。

「我ら南北の奉行所より召し捕りのために出張った。多助、神妙にお縄につけ。さもなければ、これより踏み込む」

村本繁太郎が二階に向かって大声を張り上げた。

同心が十手を持って家に迫った。はじめての体験に、剣之助は身内が震《ふる》えるほどの昂《たか》ぶりを感じながら立て籠もりの家を見つめていた。

すると、真っ暗な二階の窓に黒い影がふたつ現れた。ひとりは年増の女だ。多助が女の喉元《のど》に、包丁を突き付けている。

「上がってきやがったら、この女の命はねえ」

女の悲鳴が上がった。

「人質に手荒な真似《まね》をするな」

村本繁太郎が怒鳴る。

「多助。ばかな真似はやめて」

三十半ばの小柄な女が二階に向かって叫んだ。

金貸し善兵衛の女房、おすみだ。

「おかみさん。善兵衛はどうした？　死んだか」

多助が昂奮した声できいた。暗くて多助の顔は見えない。

「死んだよ。だから、これ以上、ばかな真似をしないでおくれ」

「多助。もう逃《のが》れられぬ。観念して、下りて来い。おかみにもご慈悲《じひ》はある」

村本繁太郎が叫ぶ。

「ご慈悲だと。どうせ、俺は死罪だ」

「多助」

「うるせえ」

そう叫び、多助は障子《しょうじ》を閉めた。

村本繁太郎が目配せすると、同心が格子戸に近づいた。だが、内側から心張《しんば》り棒《ぼう》をされていて開けられなかった。

村本繁太郎は戸を外すように命じた。

同心は小柄《こづか》を抜き取り、戸と敷居の隙間《すきま》に刃先を食い込ませて、戸を浮かせた。もうひとりの同心が戸を持って外した。

同心は中に入った。が、すぐに戻って来た。

「階段の上に家具を倒して二階に上がれないようにしてあります」

同心が報告する。息が白い。

裏手にいた北町の与力がやって来て、

「物干し台から上がらせますか」

と、きいた。

「まだ、気が立っているでしょうから、へたに動いたら人質が危険です。もう少し、様子をみましょう」

なにしろ、ひとを殺したばかりだ。昂奮していて、自暴自棄《じぼうじき》になって何をするかわからない。

時間が経てば、多助も少し冷静になるであろう。そのときに、説得を試みる。

武士ならば時を移さず踏み込んで捕らえる、町人百姓は時間をかけてじっくり捕らえるという言い習わしがある。

時間を稼ぐというのが村本繁太郎の考えだ。横にいる剣之助も、そうすべきだろうと思った。

また、霙が降り出した。

「多助。なぜ、善兵衛を殺したのだ？」

村本繁太郎がまた呼びかける。

返事がない。二階は真っ暗だ。

「多助」

なおも呼びかけた。

少し障子が開き、

「帳場から五両盗んだのが見つかっちまったんだ。自身番に突き出すって言うから、かっとなって刺してしまった」

と、多助が喚《わめ》くように言った。

「おまえは、これからどうしようって言うのだ。ここから逃げるつもりか」

「うるせえ。もう、話はしねえ」

多助は障子を閉めた。

「多助。たとえ、ここから逃げたとしても、逃げきれぬ。観念して出て来るのだ。人質を解き放て」

しかし、応答はない。

「多助」

繁太郎は何度も呼びかけた。

だが、返事はない。

体は冷えきっているが、昂奮しているせいか、剣之助は寒さを感じなかった。

それから四半刻（三十分）ほど経った。

「ずいぶん、静かですね」

剣之助は不安を覚え、囁《ささや》くように言った。多助はずっと、引っ込んだままだ。

「確かに、妙だ」

繁太郎も不安そうに呟《つぶや》いた。

「多助。返事をしろ。多助」

再び、北町の与力がやって来て、

「おかしい。我ら、物干し台から二階に侵入いたす。よろしいか」

と、待ちきれぬように言った。

「いや、もう少し、様子をみましょう」

繁太郎が迷いながら答える。

そのとき、善兵衛の女房のおすみが、

「多助はおこうさんに悪さをしているんじゃないでしょうか。おこうさんは色っぽくて、多助の好みですから」

と、手込めにされているのではないかという不安を訴えた。

自棄になった多助は何をするかわからない。縄で縛り、おこうの体の自由を奪って、弄《もてあそ》ぶ。そんな情景が脳裏を掠《かす》め、剣之助も焦《あせ》った。

この沈黙は只事ではない。やはり、突入すべきだと進言しようとしたとき、

「わかりました。やりましょう」

と、繁太郎が言った。

「我らは梯子《はしご》で二階に上がります」

「よし」

北町の与力は裏手にまわった。

繁太郎は梯子を二階の窓に向かってかけさせた。そして、南町の同心が用心深く上

がって行く。

　やがて、窓辺に同心が辿《たど》り着いた。そっと障子に手をかけ、少し開く。出来た隙間から覗《のぞ》いた。

　中は真っ暗なので、しばらく様子を窺《うかが》っていた。が、目が馴《な》れてきたのか、思いきり障子を開け、中に飛び込んだ。

　すぐ窓から顔を出して、

「男が死んでいます」

と、同心は怒鳴った。

　そのとき、北町の同心も物干し台から部屋に到達した。

　屋内の階段を塞《ふさ》いでいた家具が取り外されて、村本繁太郎も二階に上がった。剣之助もあとに続いた。

　誰かが行灯《あんどん》に明かりを灯《とも》した。二階の六畳間に男がうずくまって死んでいた。その手に包丁が握られ、刃先は腹部に突き刺さっている。畳に赤黒い血溜まりが出来ていた。

　女は目隠しをされ、猿ぐつわをかまされ、両手足首を縛《しば》られて倒れていた。

「なにがあったのだ?」

縄を解かれ、猿ぐつわを外された女に、繁太郎が確かめた。

「私を縛ったあとで、俺はもうだめだと言って、自分で腹を刺したんです」

女は怯《おび》えたように話した。

「この男は多助に間違いないな」

繁太郎は確かめた。

「はい。そうです」

すでに、繁太郎は安心した表情になっていた。

「おまえさんとの関係は？」

「いえ、まったく関わりがありません。いきなり、この男が包丁を持って駆け込んで来たんです」

ふたりの会話を聞きながら、剣之助は提灯《ちょうちん》を片手に改めて血溜まりを見た。そばに行き、指先を当てた。時間が経っているようだ。

だいぶ前に腹を刺したようだ。ふと、剣之助は何か違和感を抱いた。しかし、それが何かわからない。

剣之助は部屋から廊下に出た。部屋の向かい側は押入れだ。その前に立ったとき、ひとの気配を感じた。剣之助は押入れを開けた。ふとんが入っていた。その横に、行灯が置いてある。

提灯の明かりを照らし、天井を見上げた。天井板が少しずれていて、黒っぽい着物の一部が見えたような気がした。一瞬だった。目の錯覚だったか。男物のようだった。

部屋のほうで騒がしくなった。多助の死体を一階に下ろすようだった。

剣之助は繁太郎の傍に行き、

「村本さま。ちょっと、おかしなことが」

と、囁いた。

「おかしなこと?」

「押入れに誰かが……」

剣之助が口にしたとき、

「そんなことより、多助に死なれてしまったのは残念だが、人質が無事でよかった」

と、繁太郎が笑みを浮かべながら言った。

「ですが」

「それにしても、寒いな。長い時間、外にいたから同心たちも震えている。話は奉行所に帰ってから聞こう」

弾《はず》んだ声で言い、繁太郎は死体を運ぶように命じた。

多助の死体を戸板に載せ、莚《むしろ》をかぶせ、月番の南町奉行所まで運んだ。

奉行所につくと、表門より入り、村本繁太郎ら一行は玄関に上がってお奉行のもとに向かった。

結果を報告したあと、生きたまま捕縛出来なかったことは残念だが、人質に危害が及ばなかったことは上首尾であるとの言葉を賜《たまわ》り、捕物出役の一同は面目を施《ほどこ》したが、剣之助だけは何か腑《ふ》に落ちないものを感じていた。

さっき不審を抱いたことを話そうとしたが、お奉行に褒められた繁太郎は浮かれていて、剣之助の話をまともに聞いてくれなかった。

繁太郎はおおらかな人柄で、みなから慕われているが、このたびのことに関しては、剣之助には不満が残った。


その夜は当直だったので、翌日の朝の四つ（十時）に日勤の者と交替して、剣之助は奉行所を引き上げた。

天気は回復し、青空が広がっていた。が、大気は冷えきっていて、凍《い》てつくような寒さだった。今朝も奉行所の庭に霜《しも》がおりていた。

八丁堀《はっちょうぼり》を目指して、楓川《もみじがわ》沿いを歩いていたが、きのうの一件が気になってならなかった。はじめての捕物出役であり、あくまでも見習いの身ということもあって自分の意見を差し控えたが、果たしてそれでよかったのだろうか。

思い立って、剣之助はそのまままっすぐ京橋《きょうばし》に向かっていた。

剣之助は浜町堀にやって来た。きのう多助が立て籠もったおこうの家にやって来た。

すると、おこうの家に畳屋が来ていて、自害した多助の血で汚れた畳の交換をしているところだった。

剣之助が迷っていると、おこうの家から定町廻り同心の植村京之進《うえむらきょうのしん》が出て来た。

「これは剣之助どの」

京之進が気づいて近寄って来た。

「きのう、捕物出役に加わったそうですね」

京之進が剣之助の成長を喜ぶように言った。

「はい。とてもいい経験をしたと思っています。それで、実際に何が起こったのか、自分なりに確かめておきたくて」

現場に来た理由を、剣之助はそう説明した。

「そうですか。向こうに行きましょう」

笑みをたたえて頷《うなず》き、京之進は浜町堀に向かった。

京之進は若くして定町廻り同心になった切れ者である。剣之助の父、風烈廻り与力の青柳剣一郎《けんいちろう》に畏敬《いけい》の念を抱いている。そのこともあり、京之進は剣之助に親身になってくれるのだ。

「剣之助どのはお若いからそんなことはないでしょうが、枯れ草がもの悲しく目に飛び込んで来るようになりました」

川岸の枯れ草に目をやりながら、京之進が呟くように言った。

「ことに、ゆうべのような事件のあとには」

ふと立ち止まり、京之進は剣之助に顔を向けた。

「立て籠もった末に自害した多助という男は金貸しの善兵衛に使われていた男で、借金の取り立てなどをしていました。女房のおすみの話だと、多助は善兵衛の留守中、たびたび、帳場の簞笥《たんす》の引き出しから金をくすねていたようです。それを、善兵衛に見つかり、たいそうな叱責《しっせき》を受け、しばらく給金なしで働けと迫られたそうです。ところが、きのうの夕方、再び、金を盗んだところを善兵衛に見つかり、善兵衛が自身番に突き出すと怒ったところ、多助は台所から出刃包丁を持って来て善兵衛を刺して家を飛び出したというのです。おすみが、ひと殺しと叫んで追い掛けたので、おこうの家に逃げ込んだということです」

「なぜ、多助は遠くに逃げずにおこうの家に逃げ込んだのでしょうか」

剣之助は疑問を呈した。

「おすみの話では、多助は以前からおこうに言い寄っていたそうです。おこうは毛嫌いしていたようですが」

「多助というのは、どんな男だったのでしょうか」

「もともとは深川界隈《ふかがわかいわい》の地回りだったのを、三年ぐらい前に善兵衛が借金の取り立てと用心棒代わりに手元に置いたということのようです。借金の取り立てには、わざとむさい身なりで押しかけ、辺り構わずがなり立てる。とにかく下劣で、町中の嫌われ者でした。二十八歳だということです」

「おこうはひとり暮らしなのですか」

剣之助はきいた。

「旦那持ちです。本町《ほんちょう》にある鼻緒問屋の主人の妾《めかけ》です。ただ、旦那は年寄りで、最近は月に数度しか来ないようですが」

「そうですか」

剣之助は目を細めて川の流れを見た。誰かが落としたのか、豆絞りの手拭《てぬぐ》いが川面《かわも》に漂《ただよ》っていた。

「剣之助どのは、何かご不審でも？」

京之進が訝《いぶか》しげにきいた。

「不審というわけではないのですが……」

剣之助は顔を戻した。

「多助が自害したのは、捕物出役が到着してから半刻（一時間）後です。立て籠もってからも一刻（二時間）は経っていません。これはどうなんでしょうか」

「どうと申されますと？」

「よくわからないのですが、自害までの時間が短いように思えたのです。主人を殺害し、人質をとって立て籠もったほどの男が、いやにあっさり自害したものだというのが、私の印象なのです」

「………」

「それから、人質には危害を加えていません。もとは深川界隈の地回りで、借金の取り立てと用心棒代わりだったという男にしたら、ずいぶん早く観念したものだという気がしたのです」

京之進と話しているうちに、自分が何に引っかかっていたのかが、薄皮を剝《は》がすようにだんだん見えて来た。

だが、二階の部屋に入ったときに感じた違和感の正体はまだわからない。

京之進は厳しい顔つきになって、

「なるほど。確かに、剣之助どのの疑問はもっともなことです。ただ、捕物出役が到着してから半刻（一時間）後の自害が早いかどうかは、いろいろな要因の積み重ねで違ってくるものと思えます。その現場を女房のおすみに見られた。主人殺しは磔《はりつけ》です。多助は主人を殺害しています。だが、立て籠もっていて時間の経過とともに、はじめて己《おのれ》の罪の深さを思い知ったのかもしれません」

京之進は一呼吸間を置き、

「それから検使出役与力どのの説得はどうでしょうか。その言葉に、多助が動揺したとも考えられます」

京之進は確かに有能な定町廻り同心だ。だが、あの現場にいなかった。だから、実感としてとらえられていないのではないか。そんな気がしたが、剣之助は口には出せず、気持ちとは逆のことを答えた。

「そうかもしれませんね」

「ただ、私がいま言ったことは、あくまでも一般論であり、現場に立ち会われた剣之助どのが感じたことは重要かもしれません。剣之助どのの疑問を頭に入れて、もう一度調べてみます」

やはり、京之進は優れた同心なのだと、剣之助は見直した。

「お願いします」

剣之助は頭を下げた。

ようやく、剣之助は屋敷に引き上げた。

二

二日後。昨夜から吹きつけていた強風は昼過ぎになって、ようやく止んで来た。舞い上がった砂塵《さじん》が空を汚していたが、いまは視界も開け、寛永寺《かんえいじ》や浅草寺《せんそうじ》の五重塔から大川《おおかわ》の流れ、さらにかなたの筑波嶺《つくばね》までが見通せた。

風烈廻り与力の青柳剣一郎は同心の礒島源太郎《いそじまげんたろう》と大信田新吾《おおしだしんご》とともに朝から市中の見回りに出て、本郷《ほんごう》から湯島《ゆしま》の切り通しを下っていた。

厳しい北風は止んで寒さは少し和《やわ》らいだが、それでも頬《ほお》を刺すような冷気は変わらない。今年は例年になく寒い。

一行は御成道《おなりみち》を通り、神田花房町《かんだはなぶさちょう》に差しかかった。

普請中の家があり、鳶《とび》の者が足場を組んでいた。その前に差しかかったとき、儀島源太郎が足を止めた。三十半ばで、信頼のおける同心だった。

「どうした？」

剣一郎も立ち止まった。

「はい。ここは以前、『苅田屋《かりだや》』という下駄屋でした。三カ月前、博打《ばくち》で借財をこしらえた主人が首吊り自殺をしたところです」

源太郎がやり切れないように言った。

「そうだったな」

剣一郎も痛ましげに呟く。

高札場《こうさつば》に布令を出し、博打の禁止を知らせ、取締りもしているが、決してなくならない。

賭け事を好むのは人間が本能的に持っているものなのか。一攫千金《いっかくせんきん》を夢見てするのか。それとも、勝負の刺激が楽しいからなのか。だが、博打で悲惨な末路を辿る例は後を絶たない。

『苅田屋』の残された家族はどこかへ引っ越していった。その後、その家は縁起が悪いというので、借り手がつかなかったので、建て替えることになったのだ。

普請場を離れ、筋違橋《すじかいばし》を渡った。

須田町《すだちょう》に入ったとき、

「青柳さま。政次《せいじ》という男がまたいます」

と、新吾が剣一郎に声をかけた。

新吾は二十六歳。風烈廻りになって、まだ日の浅い若い同心だ。いつもにここと笑顔でいる新吾が、笑みを消して言った。

「『備前屋《びぜんや》』を見ているという男か」

剣一郎は紙問屋『備前屋』の斜め前の路地に立っている男を見た。三十前か。着流しの遊び人ふうの男だ。細面《ほそおもて》に顎《あご》が尖《とが》り、鋭い目つきである。殺気立った顔つきで、備前屋を見ていた。

「住まいは小舟町《こぶなちょう》一丁目の市兵衛店《いちべえだな》だと申しておりましたが」

二度目に見かけたとき、新吾は不審を抱いて声をかけたらしい。男は政次と名乗ったあとで、ただ休んでいただけだと答えたという。

だが、きょうも同じ場所にいる。

剣一郎たちが近づいて行くと、政次はさりげなく路地から出て足早に去って行った。

「きょうで三度目です」

礒島源太郎も言う。

政次は町外れで横に折れた。

「毎日のように『備前屋』を見ているのには、それなりの目的があるはずです。それが、何か悪事に絡むことかどうかはわかりませんが」

源太郎は冷静に判断しているようだ。

「盗人の一味かもしれませんよ」

新吾のほうは単純に考えている。

「先走ってはだめだ」

剣一郎はたしなめた。

「『備前屋』から出て来る誰かを待っているのかもしれない。『備前屋』から出て来た女に一目惚れをし、もう一度会いたいと『備前屋』を見張っているということも考えられなくはない。はなから、疑ってかかるのはよくない」

「はあ」

新吾はしゅんとなったが、

「でも、一応、只野《ただの》さまにお知らせしておいたほうがよくありませんか」

と、積極的に言う。

定町廻り同心の只野平四郎《へいしろう》のことだ。平四郎は、風烈廻りから定町廻りになった男である。新吾は平四郎の後釜《あとがま》として風烈廻りになった。

「ここなら植村京之進だ」

「あっ、そうでした」

新吾は舌を出した。

確かに、堅気《かたぎ》の人間とは思えない鋭い目つきが気になる。それに、殺気が表情に表れていた。源太郎が言うように、何らかの目的があってのことに違いない。

「そうだな。それでは、新吾から話してくれ。ただし、くれぐれも疑ってかかることはないように」

「わかりました」

新吾は張り切って答えた。

すでに風は収まっていたが、剣一郎たちは巡回を続け、夕方に奉行所に戻った。

その夜、夕餉《ゆうげ》のあとに剣一郎は剣之助を部屋に呼んだ。

「過日、捕物出役に加わったそうだな。いかがであったか」

捕物出役に剣之助を加えたのは、年番方の宇野清左衛門《うのせいざえもん》の計らいであろう。先日、清左衛門は、そろそろ剣之助にも役をつけたいと思っていると言っていたのだ。

与力は一代抱えであり、親が引退したあと、子が新規召し抱えになるのである。だいたい、親が引退する前に、子が見習いとして出仕するのであるが、剣一郎はまだまだ引退するつもりはない。宇野清左衛門は剣一郎を自分の後釜として年番方に推挙しようとしているのだ。

剣一郎は年番方になる気はさらさらなかった。風烈廻り与力という役でいながら、大きな事件の折りに特命という形で事件探索に手を貸すといういまの役目を天職と心得ており、またやりがいを感じていた。

ようするに、剣一郎に引退の二文字は当分ない。そうなると、剣之助はいつまでも見習いのままとなる。

そのことから、宇野清左衛門は見習いではあるが、そろそろ本格的に与力の仕事をさせようと心を砕《くだ》いてくれているのだ。

「はい。いろいろ有益にございました。ただ、いささか腑に落ちないことがございました」

　剣之助はキビキビした口調で言う。少し生意気さも感じさせる物言いにも若さが溢《あふ》れている。自信に満ちた態度に、ふと昔の自分を思いだした。自分にもこういう時期があったのだと思うと、歳月の流れの速さに驚くばかりであった。

「腑に落ちないとは何がだ？」

　剣一郎はにこやかに訊《たず》ねた。

「立て籠もっていた多助なる男が自害したあと、部屋に入りました。そのとき、何か違和感を覚えたのです。ですが、そのときは、それが何かわかりませんでした」

「いまはわかったのか」

「はい」

「なんだ？」

「部屋の隅で、人質のおこうなる女子《おなご》は目隠しをされ、猿ぐつわをかまされ、両手足を縛られておりました。部屋の真ん中で、多助が包丁で腹を刺し、うずくまって死んでいました」

　そのことは、剣一郎も聞いていた。

「縄です」

「縄とな？」

「はい。おこうを縛っていた縄はどこから持って来たのか。そのときには気づきませんでしたが、その縄に引っ掛かりを覚えたのです。まさか、多助が縄を持って立て籠もったとは思えません。では、最初からあの家にあったのでしょうか」

「なるほど」

剣一郎は目を見張って剣之助を見た。

「確かに、そうだ」

「それと、目隠しです。なぜ、目隠しをしたのか。死ぬところを見せたくなかったなど、考えたとは思えません」

「そうだの」

「それから、これは京之進どのと話しているときに気づいたことですが、多助が立て籠もってから自害するまでの時間が短いという印象です。最後に、村本さまが声をかけてから四半刻（三十分）後に自害をしました。じつに、あっけなかったと思いました。自分の仕出かしたことの重大さに気づき、観念するまでの時間が少ない気がしました」

剣之助は堂々と自説を述べた。

「確かに、剣之助の疑問はわかる。だが、いずれもあり得ないことではない。まず、縄にしても、もともと何かで使うために置いてあったのかもしれない。自害するまでの時間にしても、多助という男は主人を殺したときから覚悟を決めていたのかもしれない」

「そうかもしれませぬが、だとしても、縄の件は確かめておく必要があるのではないでしょうか」

「うむ、剣之助の申すとおりだ」

剣一郎は剣之助の炯眼《けいがん》に驚きを禁じ得なかった。もし、自分が剣之助と同じ年頃でその現場に立ったら、剣之助と同じことを感じられただろうか。

「京之進に私からも話しておこう」

「はい」

剣之助は弾《はず》んだ声で答えた。

「それにしても、よくぞ、そこまでの眼力を得たものよ」

剣一郎は頼もしく我が子を見た。

「いえ、眼力などではありませぬ。こんなことを申し上げては失礼かと思いますが、村本さまたちがそのことに気づかなかったことが私には不思議です」

剣一郎は眉根《まゆね》を寄せた。剣之助は与力の村本繁太郎をはじめ、同心たちを批判しているのだ。

「多助がすでに自害していたにせよ、部屋の中は隈《くま》なく調べるべきではないでしょうか。その上で村本さまが不自然な点を判断してくださったのなら、もっと勉強になったと思います。そのことが残念でなりませぬ。私でさえ気づいたことに、何も感じないのでは……」

「剣之助」

剣一郎は覚えずたしなめた。

「その物言いは不遜《ふそん》であるぞ」

「私は思ったままを申しただけでございます」

剣之助は言い返した。

「確かに、そなたの言うとおりかもしれぬ。だが、そなたは気楽な立場だったから感じ得たことだったのではないか。捕物出役はお奉行より水杯を受けて出張っている。村本らには失敗は許されないという重圧があったのだ。人質に危害が及ばぬよう、最善の努力をしなければならなかった。その一心で、立て籠もりの男と対峙《たいじ》していたのだ」

剣一郎はつい繁太郎らの弁護をしていた。

「お言葉をお返しするようですが、現場を指揮するお立場の方がそれほど余裕がない状態で下手人を捕縛できるとは思えません。あの夜、村本さまが最後に声をかけてから四半刻（三十分）ほど、多助から何の返答もありませんでした。返答がなくなってから、もっと早く決断していれば、多助を生きたまま捕らえることができたかもしれないのです。なのに、事件は解決したと満足されている村本さまにはいささか失望しました」

先輩の与力に対して批判を繰り返す剣之助に、剣一郎は愕然《がくぜん》とした。

「剣之助、そなたは村本に対してそのことを……」

「いえ、申しません。ただ、あの程度のことで、お奉行よりお褒めの言葉を頂いたことに納得がいきません」

「よいか、剣之助。上役の非難はもっての外」

「わかっております。ですが、私には納得行きません」

「もうよい。下がれ」

「失礼します」

剣之助は一礼し、部屋を出て行った。

剣一郎は覚えず瞑目《めいもく》した。

剣之助が他人を見下したような物言いしていることに、衝撃を受けたのだ。剣之助は剣の道もまた学問においても飛躍的な成長を見せていた。子どものころより、素直な性格で一途で純真であった。

剣之助と対立したことはなかった。だが、思わぬことから意見の対立を見たのだ。翻《ひるがえ》って、昔の自分を思い返し、ふと左頰に手を当てた。ここに青痣《あおあざ》がある。

若き日の剣一郎は、たまたま押込み事件に遭遇したことがあった。そのとき、剣一郎は押込み犯の中に単身で乗りこみ、賊を全員退治した。

そのときに受けた傷が青痣となって残り、その武勇伝と相俟《あいま》って青痣与力と讃《たた》えられるようになったのだ。

あのとき、単身で踏み込んだ行為が正しかったかどうか、わからない。捕物出役が駆けつける前に、剣一郎が通り掛かったのだが、もし、剣一郎が踏み込まなければ捕物出役が対峙したのだ。

その結果、どうなったか。無事解決したかもしれないし、捕り方のほうにも怪我人《けが》が出たかもしれない。

あのときは結果がすべてであり、剣一郎は称賛された。だが、もし、失敗していたら、激しい非難を浴びていただろう。

剣一郎が単身で踏み込んだのは勇気でも正義感でもなんでもなかった。それには伏線があったのだ。

剣一郎には兄がいた。家督《かとく》は兄が継ぎ、剣一郎はいずれどこかへ養子に出るしかなかった。

そして忌《い》まわしい事件が起きたのは、剣一郎が十六歳のときだった。兄と外出した帰り、ある商家から引き上げる強盗一味と出くわしたのだ。

与力見習いの兄は敢然《かんぜん》と強盗一味に立ち向かって行った。だが、剣一郎は真剣を目《ま》の当たりにして足がすくんでしまった。

三人まで強盗を倒した兄は四人目の男に足を斬られ、うずくまった。兄の危機に、剣一郎は助けに行くことが出来なかった。

兄が斬られてはじめて剣一郎は逆上し、強盗に斬りかかったのだ。

あのとき、剣一郎がすぐに助けに入っていれば、兄が死ぬようなことはなかったのだ。その後悔が剣一郎に重くのしかかった。

兄が死んだために、剣一郎は青柳家の跡を継いだ。だが、兄を見殺しにしたという自責の念を抱えたままだった。

そのことで苦しんでいるときに、押込み事件に遭遇したのである。あれは、自分なんかどうなってもいいという半ばやけくそぎみのことだった。そのとき頰に受けた傷が、のちに勇気と強さの象徴のように思われるとは、なんとも皮肉なことだった。

剣之助の生意気な物言いは、若き日の自分と重なる部分があるのかもしれない。

「失礼いたします」

妻女の多恵《たえ》の声に、剣一郎は目を開いた。

「剣之助が険《けわ》しい顔で離れに向かいました。いったい、何があったのでございましょうか」

多恵が心配そうにきいた。

「いや、たいしたことではない」

剣一郎は静かに言う。

「そうでございましょうか。剣之助は少し昂奮していたようです。あんな剣之助を見たことはございません」

「お役目のことでの意見の相違だ。剣之助がそれだけ成長したということだ」

剣一郎は苦い顔で言った。

心の中のことは態度に現れる。剣一郎が気にするのは、奉行所内で軋轢《あつれき》が生じないかということだ。

年番方の宇野清左衛門や内与力の長谷川四郎兵衛《はせがわしろべえ》ら、奉行所の重鎮に可愛がられている剣之助は、自分の年齢に近い朋輩《ほうばい》たちが物足りなく見えるのかもしれない。

確かに、剣之助の目から見たら、はがゆいことが多いだろう。そんなことにいちいち反撥《はんぱつ》していたら奉行所内で孤立していく。だが、自分の感情を無理に押さえつけていけば、心は不健全になっていくだろう。

まだ、何かききたそうにしている多恵に、剣一郎は言った。

「剣之助は志乃《しの》とのことを含め、若くして過酷な経験をしてきた。世間の二十歳《はたち》の若者と比べてもはるかにおとなになっている。そのぶん、あまりにも完璧を求めすぎるきらいがある。他人に対しても」

剣之助は志乃を連れ、庄内《しょうない》地方の酒田《さかた》に一時身を寄せていたことがあった。そこで、いろいろなひとと出会い、教えを乞《こ》い、さまざまな経験を通して、心身を磨いてきた。親の目からみても、たくましく、立派な青年に成長した。

だが、そんな剣之助でも人情の機微を解するにはまだ若過ぎるのだ。ある部分、剣之助には頭でっかちの面があるのかもしれない。

遠回しな言い方でも、勘のいい多恵は剣之助への懸念を即座に理解したようだった。

「文七《ぶんしち》にお願いしたらどうでしょうか」

多恵は文七の名を出した。

「文七は若いころから苦労をしております。文七とつきあうことで、なにかしらよい影響を受けるかもしれませぬ」

「うむ。文七か」

文七は剣一郎が私的に手下のように使っている男だが、もともとは多恵の実家のほうに関わりのある人間だった。

多恵の頼みで、文七は剣一郎の手足となってくれたのだ。常に、一歩下がっているような男で、用件があるときでも決して座敷に上がろうとせず、いつも庭先ですます。それは雨の日でも、小雪の舞う厳寒の夜でも同じだった。

「よし。なにかうまい事情を考えて、文七を剣之助に接触させよう」

剣一郎はその手立てをすでに考えていた。

三

翌朝、剣之助は奉行所に出仕し、与力の村本繁太郎がやって来るのを待って近づいた。

「村本さま」

剣之助は呼びかけた。

「なんだ？」

繁太郎は迷惑そうな顔を向けた。

「捕物出役のときのことで、少しお訊ねしてよろしいでしょうか」

「言ってみろ」

「はい。あのとき、自害した多助のそばで、おこうなる女が縛られておりましたが、あの縄は誰が用意したものなのでしょうか」

「なぜ、そんなことをきく？」

「普段、あんな縄を二階の部屋に置いておくものかと不思議に思ったものですから」

「物干し台にあったか、押入れにでも入っていたのだろう」

「そのことを確かめる必要はないのでしょうか」

「なぜだ？」

「現場に奇妙な印象を持ったからです。そのひとつが、縄なのです」

「よいか。捕物出役の役目は犯人の捕縛だ。我らは人質をとって立て籠もった男を捕らえることは出来なかったが、人質を無事に助け出せた。任務を立派に果たしたのだ」

「しかし」

「もう、よい」

繁太郎は大声を張り上げた。

「青痣与力の息子だからといって、いい気になるな」

吐き捨ててから、繁太郎は机に向かった。

「失礼しました」

剣之助は一礼して座を立った。

繁太郎は奉行所でも期待されている存在のはずだ。その繁太郎からして、この体《てい》たらくではどうしようもない。

自分の机に戻ってぼんやりしていると、坂本時次郎《さかもとときじろう》が近寄って来た。剣之助と幼なじみで、いっしょに見習いになった仲である。

「どうしたんだ、何かあったのか」

時次郎が剣之助の顔を覗《のぞ》き込んだ。

「別に」

「村本さまとずいぶんおっかない顔で話していたじゃないか」

「そんな顔をしていたか」

剣之助は覚えず手を顔に当てた。

「村本さまも顔が強張《こわば》っていた」

「まずかったかな」

剣之助は首をかしげた。

「まあ、根に持つような御方ではないから気にするな」

「うむ。ありがとう」

剣之助はようやく心が晴れてきた。

「そうだ。時次郎は俺に話があるって言っていたな。きょう、どうだ。帰り、どこかに寄って行かないか」

聞いてもらいたいことがあるからそのうち時間を作ってくれないかと、時次郎から言われていたことを思いだしたのだ。

「俺の話はきょうじゃなくてもいいんだが……」

時次郎が不審そうな顔をしたが、すぐ笑みを浮かべ、

「いいだろう。久しぶりに剣之助と呑《の》むか」

と、声を弾ませた。

夕方七つ（午後四時）に役目を終え、まだ仕事が残っている時次郎を待つ間、剣之助は同心詰所に行ってみた。

ちょうど、植村京之進が戻って来たところだった。

「剣之助どの」

京之進が近寄って来た。

「何かわかりましたか」

「はい。おこうに確かめましたが、あのとき、俺はもうだめだ、と多助は絶望していたというのです。捕まって磔になるくらいなら、自分で死んでやるといって自害したということです」

京之進が答えた。

「あの女がそう言ったのですか」

「そうです。その前に、縄で縛られ、目隠しの上に猿ぐつわをかまされたので、声をかけることも出来なかったそうです」

多助というのはそんなにあっさり諦めてしまうような男だったのか。

「縛るのに使った縄は、押入れにあったということです。数日前に、長持《ながもち》を買って二階に上げたときに結わいて引っ張り上げた縄だそうです」

「縄のことをきいてくれたのですか」

「ええ。なぜ、縄があったのか、不思議に思いましたので」

さすが、京之進どのだと、剣之助は喜んだ。

「ただ、ちょっと不思議な気がしました」

京之進が声を抑えた。

「なんですか」

「なぜ、おこうは目隠しをされていたのか。いえ、逆に多助はなぜ、おこうに目隠しをしたのか。騒がれないために猿ぐつわをしたことはわかりますが……」

やはり、京之進どのだと、剣之助はうれしくなった。

「私も、そのことに引っ掛かりを覚えています。京之進どの。どうか、もう少し、調べていただけませんか」

「わかりました。剣之助どのに言われたので、少し念を入れて調べてみます」

「すみません」

「いえ。それより」

京之進が声をひそめた。

「すでに、事件は解決したものとされておりますゆえ、この事件の調査は私が勝手に行なったことにしてください。でないと、剣之助どのの御立場が……」

「わかりました。決して、悟られないようにします」

越権行為ととられることを気にかけてくれたのだ。

「では、失礼します」

京之進は、これからおこうの家に行って来るという。

奉行所を出て行く京之進を見送ってから当番部屋に戻ると、時次郎が待っていた。

「仕事は？」

「思ったより早く終わった。さあ、行こうか」

時次郎は弾んだ声で言った。

「どこか当てでもあるのか」

剣之助はきいた。

「あるんだ。じつは、最近、父上に連れて行ってもらったところだ」

時次郎の父親は養生所見廻り与力《ようじょうしょ》で、確か四十五歳だと聞いている。

時次郎が連れて行ったのは、三十間堀《さんじつけんぼり》一丁目の紀伊国橋《きのくにばし》の近くにある小さな料理屋だった。

出迎えた女将《おかみ》に愛想を言い、時次郎はいかにも馴《な》れた感じだった。

二階の小部屋に案内された。窓の下に三十間堀が流れている。

「高いんじゃないのか」

居酒屋を考えていたので、剣之助はまごついた。

「心配ない」

時次郎は鷹揚《おうよう》に言う。

酒が運ばれて来た。しばらく女将や仲居を相手に呑んでいたが、頃合いを見計らったように、時次郎が言った。

「すまぬ。男同士で話があるんだ。座を外してくれないか」

その言い方が、じつにさまになっていて、剣之助は目を見張った。

「なんだ、俺の顔に何かついているのか」

時次郎が自分の顔に手をやった。

「いや、なんだかずいぶんおとなになったものだと思ってな。その点、俺なんかまだまだ子どもだ」

「そんなことない。剣之助のほうがはるかにいろいろな経験をしている。俺は常に剣之助のことを眩《まぶ》しく見ていたものだ。それより、村本さまと何があったんだ?」

時次郎がきいた。

「聞いてくれ」

と、剣之助は捕物出役でのことを語った。

「なんだか歯がゆかった。村本さまはまるで、与えられた役目だけこなせばいいと思っているようで、俺は我慢ならなかったんだ」

酒のせいもあって、剣之助は正直に話した。

「剣之助の気持ちもわからんでもないが、そんなもんだ。それはお父上の申されるとおりだと思う」

「そうかな」

剣之助は不満だった。時次郎ならいっしょになって憤慨《ふんがい》してくれると思ったのだ。

「それに、まだいいほうだ。俺のときなどひどかった」

と、時次郎は自分が捕物出役についていったときのことを話した。

「なにしろ、北と南の与力や同心が手柄争いをしていたからな。誰が最初に犯人に組み付いたとか、逃げようとしたのを取り押さえたのは誰かなどでさんざん揉《も》めていた。まあ、醜《みにく》いものだ」

時次郎は呆《あき》れたように言った。

「そんなことでいいのか」

剣之助は鼻白んだ。

「だが、よくしたもので、まっとうなひともたくさんいる。みんな、おかしなひとたちばかりじゃない」

「なんだか、時次郎と話していると、年長者といるようだ」

最近、時次郎はずいぶん落ち着いて来た。浮ついたところがない。酒田から帰り、奉行所に復帰した当座は、剣之助の目から見ても時次郎は幼かった。常に、どこかおどおどしているような頼りなさがあった。

それがどうだ。いまは見違えるようだ。そのときになって、剣之助ははじめて気づいた。

「時次郎。ひょっとして、おぬし、何かあったな」

剣之助は時次郎の顔をじろじろ眺《なが》め、

「やっ、おぬし。いいひとが出来たのと違うか」

と、剣之助は居住まいを正した。

「どんなひとだ?」

剣之助は矢継《やつ》ぎ早《ばや》にきいた。

「志乃どのとは比べ物にならんよ」

時次郎は照れた。

「なにを謙遜《けんそん》する。満更《まんざら》でもない顔をしているではないか」

「うむ。俺には似合いの娘だ」

「なんだ、すぐのろけやがって」

「そうじゃないけど」

時次郎ははにかみながら、

「御留守居与力、穂田十右衛門《ほだじゆうえもん》さまの娘で花絵《はなえ》という。十七歳だ」

与力・同心は町奉行所に属するだけではなく、御留守居や大御番頭、御書院番頭などにもいる。

御留守居与力は江戸城内上梅林御門と塩見坂《しおみざか》御門の警備に当たった。二百表高で、二百石高の旗本と同じだが、御目見得以下の御譜代席であった。

「穂田さまとは遠い縁戚になるのだ。じつは、俺の知らないところで話はついていた。花絵どのとは、まだ一度しか会っていない」

「で、婚礼の日取りは決まったのか。いつだ？」

剣之助は急《せ》いてきいた。

「来春だ」

「いや、じつにめでたい。よし、きょうはお祝いだ」

剣之助が手を叩き、酒を頼もうとするのを、

「待て、剣之助」

と、時次郎があわてて止めた。

「まだ、話は済んでおらん」

時次郎の顔つきが厳しくなっている。

「なんだ、話の続きとは？」

「婚礼を機に、俺は家督を継ぐ」

「…………」

それは当然だろうと思いながら、剣之助は時次郎の言いよどむ顔を不思議そうに見た。

に気がついた。

「時次郎。どうしたんだ？」

「うむ。はっきり言おう。父は隠居をするのだ」

家督を継ぐとはそういうことだ。そう思ったとき、時次郎が何を気にしているのか
に気がついた。

「時次郎。おぬし、俺に気を使っているのか」

剣之助は怒ったように言う。

「友の出世を妬《ねた》む俺だと思っているのか。心外だ」

「すまぬ」

時次郎が頭を下げた。

「わかればいい。それより、よかったではないか。そうか、時次郎は本勤になるか」

親が引退し、正式に時次郎が新規召し抱えになる。与力としての人生がはじまるの
だ。いっしょに見習いになりながら自分だけが先に一本立ちすることに、時次郎は気
が差していたようだ。

「すまない」

また、時次郎は頭を下げた。

「気にするなと言っているではないか。俺は俺、時次郎は時次郎だ」

剣之助は磊落《らいらく》に言う。

「そう言ってもらえて気が楽になった」

時次郎はやっと顔を綻《ほころ》ばせた。

「よし。酒をもらおう」

手を叩くと、仲居が顔を出した。

「お酒を頼みます。きょうは、こいつのお祝いだ」

剣之助は気分が高揚していた。


夜遅く、剣之助は組屋敷に帰った。

母屋《おもや》に寄らず、まっすぐ離れに向かった。志乃は化粧をし、美しく装った姿のまま、夫剣之助の帰りを待っていた。

志乃に着替えを手伝わせながら、剣之助ははしゃいだ声で言った。

「時次郎が嫁をもらうことになったそうだ」

「まあ、坂本さまがですか。それは喜ばしゅうございました」

志乃も喜んだ。

着替え終えてから、志乃がいれてくれた茶を飲む。

「いよいよ、時次郎も見習いから本勤になる。与力として、新しい出発だ。そうなると、心構えも変わるのだろうな、最近の時次郎はずいぶん落ち着きが出てきた」

剣之助は時次郎の姿を思い浮かべて言う。

志乃がじっと見つめているので、

「どうした?」

と、剣之助は訝った。

「いえ、なんでもありませぬ」

志乃はあわてて首を横に振った。

「時次郎は本勤になるのに、私だけが見習いのまま。そのことを気にしているのか」

剣之助は察して言った。

「いえ、そうでは」

「私はなんとも思ってはいない。父上にはまだまだ現役でいてもらわねばならぬ。奉行所にとっても父上は必要な御方だ」

父は青痣与力と呼ばれ、奉行所内でも絶大なる信頼を得ている。当分、父が与力をやめることはない。いや、周囲が許さない。父が引退するのは、自分が青痣与力を越えるほどの実力を身につけない限りはあり得ない。それまで、自分は見習いでいい。

偉大な父を持った不幸だとは思わない。

だが、剣之助はまたも過日の捕物出役のことを思いだした。もし、自分が正式に検使出役与力であったなら、もっと違った対応が出来ていたはずだ。見習いばかりに……。

そのことを考えると、悔しかった。早く本勤になって、思い切って自分の力をためしたいという気持ちはある。

だが、それも詮ないことだ。

「まだ当面は半人前だ。すまないが、諦めてくれ」

剣之助は志乃に謝った。

「いいえ、私はいまのままで十分でございます」

志乃は微笑《ほほえ》んだ。

「うむ」

その言葉に救われたように、剣之助は大きく頷いた。

四

二日後の夕方、いったん奉行所から屋敷に戻った剣一郎は着替えてから編笠をかぶって外出した。

捕物出役で、剣之助がひっかかったということについては、剣一郎も気になった。縄が用意してあったことと、あまりにもあっさり犯人が自害したという点も、剣之助の言うとおり、腑に落ちない。

京之進の話では、買った長持を二階に運ぶときに使った縄を押入れに入れっぱなしにしてあったということだった。

富沢町の自身番に行くと、すでに京之進が来ていた。

「ごくろう」

「いえ」

「さっそく、案内してもらおうか」

「はい」

京之進はまず、善兵衛の家に向かった。

剣一郎は剣之助の懸念が見過ごし出来ないような気がしていた。ひょっとしたら、単なる立て籠もり事件ではないのかもしれないのだ。

場合によっては、あの夜、何があったのか、人質になったおこうの口から聞いてみたいと思った。

事件の概要は、報告書で知っているが、それがどこまで真実を表しているかわからない。冷静な目で、事件を見つめなおすことが必要だ。

「あそこが、最初に事件があった金貸し善兵衛の家です」

京之進は指を差した。

「善兵衛夫婦が住んでいました。多助は二階の一部屋をあてがわれていました」

「多助はどんな男だったのだ？」

「はい。まず、年齢は二十八歳。もともとは博打打ちで、善兵衛から借りた金が返せなくなって、善兵衛から乞われて、借金の取り立てと用心棒代わりに使われるようになったということです」

「なるほど」

「多助は、たびたび、善兵衛の金をくすねていたそうです。善兵衛はしばらくは大目に見ていたが、とうとう我慢できなくなって釘を刺した。しかし、またしても金を盗んだため、善兵衛は激怒し、自身番に突き出すと言った。それで、多助が逆上して、台所から刃物を持って来て善兵衛を刺し、悲鳴に驚いて出て来た女房のおすみを突き飛ばして、包丁を手にしたまま外に逃げた。おすみは人殺しと叫びながらあとを追ったところ、おこうの家に駆け込んだということです」

「外にはひと通りは？」

「宵《よい》の口とはいえ、ときおり霙の降る天候だったので、みな家の中に引っ込んだままでした」

「何刻のことだ？」

「暮六つ（午後六時）過ぎだそうです。ひと通りがなかったので、駆けて行く多助を見たものはいないんです」

「最初から、多助はおこうの家を目指したのか」

「そうです」

「おこうの家に駆け込んだというのはどうしてわかったのだ？」

「おすみが、おこうの家に入って行った多助を見ていたのです」

その後、おすみが自身番に駆け込んで事件を知らせ、それから月番の町役人を通して奉行所に訴えたのだ。

京之進はおこうの家の前に行った。

「多助は前々からおこうに言い寄っていたそうですから、おこうを道連れに死のうとしたのだと思います」

「それなのに、なぜ、自分だけ死んだのか」

剣一郎は首をひねった。

「おこうは、死ぬなら自分だけ死んでちょうだいと諭《さと》したと言いますが、多助が素直に聞き入れたことが不思議です」

「おこうに会ってみたい」

剣一郎は言った。

「いま、いると思います」

京之進はおこうの家の格子戸に向かった。

戸を開けて、中に呼びかけた。そして、剣一郎のほうに顔を向け、

「おります」

と、伝えた。

剣一郎は編笠を外して、土間に入った。

上がり口に、色っぽい年増が座っていた。若く見えるが、二十七、八歳ぐらいか。

色白で、切れ長の目に、小さな口許の横にある黒子《ほくろ》が印象的だった。元深川仲町《なかちよう》の芸者だったらしい。

「これは、青柳さまで」

左頰の青痣に気づき、おこうは軽く頭を下げた。

「おこうか。このたびはとんだ災難だったな」

「はい。ほんとうに肝《きも》を潰しました」

おこうは身をすくめるようにした。

「また思いださせてすまぬが、いくつか聞かせて欲しいことがある」

剣一郎は頼んだ。

「ここでは寒いです。どうぞ、お上がりください」

おこうは勧めた。

「いや、ここでよい」

剣一郎は遠慮した。

ではと、おこうは手焙《てあぶ》りをもって来た。

「これはかたじけない」

おこうが腰を下ろすのを待って、

「そなたは、誰かの世話になっているのか」

と、剣一郎はきいた。

「はい」

「よかったら聞かせてもらえぬか」

「隠し立てするつもりはありません。本町にある鼻緒問屋『亀井屋《かめいや》』の旦那の世話になっております」

「旦那はよく来るのか」

「いえ、お歳でございますから、十日に一遍ほど」

「多助という男とはどういう関係なのだ？」

「関係も何も、ありません。ただ、一方的に付きまとわれて困っていました。顔を見れば、旦那は歳でおまえを可愛がってやれないだろう。俺に乗り換えろと、執拗《しつよう》でした」

おこうは迷惑そうな顔をした。

「暮らしの面倒もみると言っていたか」

剣一郎は確かめる。

「はい。金には不自由をさせないと」

「多助はそんなに金があったのか」

「さあ、そのようには思えませんでしたが」

「あの夜、いきなり多助が駆け込んで来たそうだな」

「はい。包丁を持って、ものすごい形相《ぎょうそう》で駆け込んで来たのでびっくりしました。いきなり、私の手首を摑《つか》み、二階に連れて行ったんです」

「なぜ、そんな真似《まね》をしたのだろうな」

「いっしょに死んでくれと喚いていました。私は恐ろしくて足がすくんで……」

そのときの恐怖を蘇《よみがえ》らせたように、おこうは体をすくめた。

「でも、多助さんのほうも震えていることがわかって、私は少し落ち着いてきました。そのうち、外が騒がしくなって」

「奉行所の人間が来たのだな」

「はい」

「奉行所の人間が駆けつけるまで半刻（一時間）近くあったと思うが、その間、何をしていたのだ？」

「何があったのか、多助さんが一方的に喋《しゃべ》っていました。金をくすねていたことが主人にばれて、自身番に突き出すと言われ、かっとなって台所から包丁を持って来て殺してしまったって。ですから、私は自首するように勧めたんです」

「なるほど。それから」

剣一郎は先を促《うなが》した。

「はい。だんだん、多助さんも落ち着いて来ました。ひょっとしたら、自首してくれるかもしれないと思ったとき、奉行所のひとがやって来たんです。そしたら、多助さんの顔つきがまた変わってしまって」

「態度を硬化させてしまったというのか」

「はい。下から上がってこれないように長持で階段を塞《ふさ》いで、それから窓に私を突き出し、お役人に何か喚いていました」

おこうは細い眉を寄せて、

「それから、縄で私を縛ったのです。ですから、私は、もう一度、多助さんを説得しました。こんなことをしても無駄だから、自首してくださいと」

おこうの説明は一応、筋が通っている。

「そのうち、もうだめだと言い、引き回しで獄門《ごくもん》になるなんてまっぴらだ。ここで死んでやると言い出したんです。私は怖くなって、死にたくないって訴えました。そしたら、おまえは殺さないって言い、猿ぐつわと目隠しをされました。そのあとで、うめき声が聞こえましたが、助け出されるまで、私は半ば気を失っていたようでした」

「そうか。恐ろしい目に遭ったものだ」

剣一郎はいたわるように言ってから、

「ところで、その日、女中はどうしたんだ？」

と、きいた。

「じつは、実家に一晩泊まりで帰りました。ずっと休みもなく働きづめですからたまにはゆっくりさせてやろうと思いましてね。でも、あの娘のいないときで、よかったですよ。どんな危険な目に遭ったかわかりませんからね」

おこうはほっとしたように言う。

「そうだな。そうそう、縄はどうしたんだ？」

剣一郎はさりげなく切り出した。

「はい。長持を買って二階に上げるときに使ったものを押入れにしまいっぱなしにしていました」

「長持は二階においていたのか」

「はい」

「二階は普段使っているのか」

「いえ」

「じゃあ、長持をどうして？」

「着るものが増えてしまって、買ったんです」

それまで滑らかだった舌の動きに微妙な変化が見られた。

「では、最近か、買ったのは？」

「は、はい」

「どこで買ったのだ？」

「人形町《にんぎようちよう》通りにある古道具屋です」

「名前は？」

「『蒼古堂《そうこどう》』です」

答えるまで、僅《わず》かな間があった。

「わかった。いろいろ訊ねてすまなかった」

剣一郎は話を切り上げた。

「いえ、ご苦労さまです」

おこうの声に見送られて、剣一郎と京之進は外に出た。

すでに辺りは暗くなっていた。おこうの家から離れたとき、暮六つの鐘が鳴りはじめていた。

「いかがでございましたか」

京之進がきいた。

「疑いを差し挟む余地がないような説明であった。すべて筋が通っている」

「はい」

「京之進はどうなのだ、この事件に何か裏があると思うか」

「いまのところはわかりません」

「わからないというのは、裏はないということだな」

剣一郎は確かめた。

「はい。ただ、私は現場に立っておりませぬゆえ、なんともいえません。剣之助どのの感じたことも一概《いちがい》に否定出来ないという思いもあります」

「うむ」

剣一郎は改めて自分の感想を述べた。

「さっきも申したように、おこうの説明は見事なほどだ。殺されるかもしれないという恐怖に怯えた者とは思えないほど、状況をよく覚えている。かえって、不自然だ」

「えっ?」

「それに、あれほど能弁だったのが、長持のことになると、とたんにぎこちない返事になった。まるで、そのことは触れて欲しくないような」

「青柳さま。それではあの立て籠もりに何か裏が？」

「いや、断定は出来ぬ。あるかもしれぬし、ないかもしれぬ。いや、むしろ、何もない可能性のほうが高いだろう。剣之助の考えすぎだ。なれど」

剣一郎は間を置き、

「僅かでも疑いがあれば納得するまで調べねばなるまい」

「はい」

京之進は緊張した声を出した。

「なれど、こんなあやふやなことを京之進が調べるまでもない。ここは私に任せてくれ」

「でも」

「いや。それに、定町廻りが調べているとなると、当番方の与力にしても面白くないだろう。私に任せてくれぬか」

剣一郎は京之進の立場を慮《おもんぱか》って言った。

「わかりました。しかし、何かあれば、なんなりとご命じください」

「うむ。その節は頼む」

剣一郎は頷いて言った。

京之進と別れ、剣一郎は長谷川町《はせがわちょう》を突っ切り、人形町通りに出た。小商いの店はすでに戸を閉めている。

暗がりの中に『蒼古堂』の看板を見つけた。大戸は閉まっているが、まだ中では店の片付けをしているはずだ。

剣一郎は潜《くぐ》り戸を叩いた。

「どちらさまで？」

覗き窓から目が現れた。

「八丁堀与力の青柳剣一郎と申す。夜分にすまないが、ちと訊ねたいことがある」

まだ、宵の口であり、それほど警戒する必要もないだろうが、剣一郎は編笠をとって顔を見せた。

「ただいま」

すぐに潜り戸が開いた。

剣一郎は土間に入った。店先には骨董品や家具なども並んでいる。

「主人はいるか」

剣一郎が言うと、奥から小肥《こぶと》りの男が出て来た。

「手前が主人の音兵衛《おとべえ》にございます」

「過日、日本橋富沢町のおこうという女がここで長持を買い求めたはずだが、覚えておるか」

「はい。覚えております。大八車に積んで運びましたから」

「いつのことだ?」

「十日余り前かと。帳面を見れば、確かな日はわかりますが」

「いや。そこまではよい。十日余り前であることは間違いないな」

「はい。間違いありません」

「運んだ者はいるか」

「私が運びました」

と、そばにいた若い男が名乗り出た。

「もうひとりは、いま奥におりますが」

若い男は不安そうに言う。

「長持は二階に運んだそうだな」

剣一郎は色の浅黒い若い男にきいた。

「はい。どうしても二階に置きたいと言うので。階段を上げるのに苦労しました」

「そのとき、縄は使ったか」

「いえ、ふたりで持って運び上げましたから」

「女のほうから、縄があるという話は出たか」

「いえ。なにも」

「そうか」

「青柳さま。いったい、なにが」

主人が不審そうにきいた。

「あの家で、立て籠もり事件があった。その際、その長持で階段が塞がれたのだ」

剣一郎は事件のことを話した。

「そういえば、あのお客さん。階段の幅をずいぶん気にしていました」

主人が思いだしたように言う。

「最初は二階に上げられるかどうかを心配なさっているのかと思ったのですが」

「違うのか」

「はい。横幅が階段の幅より少し広いものを欲しているようでした。店先にあったのは少し小振りだったので、土蔵に保管してあった大きめのものを出すと、気に入ってくれました」

「階段の幅より大きいものとは、向こうから口にしたのか」

「いえ、大きめのものを探しているようなので、階段の幅より大きいほうがよろしいのですかときいたのです。そうしたら、そうだと仰《おつしや》っていました」

「そうか」

剣一郎は気になった。

「その他、何か奇妙に思ったことはなかったか」

「そうそう、土蔵から出したものは正面に少し目立つ傷があったんです。それに、汚れもあったのですが、それでも構わないと仰いました」

その他、いくつか訊ねてから、剣一郎は外に出た。

疑ってかかれば、なんでも疑えるが……。

剣一郎は東堀留川《ひがしほりどめがわ》に出て日本橋川の方向に向かった。すると、川岸の柳の陰に立っている男が目に入った。目の前の『おぎん』という一膳飯屋《いちぜんめし》を窺っているようだ。

暗くて顔はよくわからない。だが、一膳飯屋から中肉中背の男が出て来たとき、その男が動き出した。

一膳飯屋から出て来た男は剣一郎とすれ違った。商家の番頭ふうだが、色白の目つきの鋭い男だ。三十半ばぐらいだ。

つづいて、柳の陰に立っていた男が剣一郎とすれ違い、いまの男のあとをつけた。

剣一郎はその男の顔を見て、おやっと思った。

政次だった。紙問屋の『備前屋』の斜め前の路地に立っていた遊び人ふうの男だ。細面に顎が尖っている特徴を覚えていた。

大信田新吾の話では、あの男は過去に何度か『備前屋』を見ていたという。剣一郎は途中で踵《きびす》を返した。

政次のあとをつける。番頭ふうの男はまっすぐ歩いて行く。

やがて、本町通りを左に折れ、大通りに出てから右に曲がった。この先、神田鍛冶町《かんだかじちょう》、須田町を経て神田川に出る。

冷え冷えとした月の光が前を行くふたりの男をそれぞれ白く浮かび上がらせている。

鍛冶町、鍋町《なべちょう》を過ぎて、須田町に差しかかった。

男は備前屋に向かった。そして、潜り戸を叩いた。中から戸が開き、男は土間に消えた。潜り戸はすぐに閉められた。

政次は踵を返した。剣一郎は路地の暗がりに身を隠し、政次をやり過ごした。そして、再び、政次のあとをつけた。

政次は来た道を戻った。日本橋に向かう。北風が冷たい。昼間の賑わいが嘘のように、ひとの姿は少ない。誰も家の中に引っ込んでいるのだ。

本町三丁目の角を左に曲がり、本町四丁目の外れを右に伊勢町《いせちょう》堀のほうに向かった。剣一郎は気配を消してつけて行く。政次に気づかれる心配はまったくなかった。

伊勢町堀に鍋焼きうどんの屋台が出ていた。

政次はその屋台に立ち寄り、うどんを食べてから、再び歩き出した。そして、小舟町一丁目の裏長屋に入って行った。

剣一郎は長屋木戸から政次が消えた住まいを見届けた。

五

翌日、出仕した剣一郎は、宇野清左衛門に呼ばれ、年番方の部屋に向かった。

過日の捕物出役の件に絡んで剣之助のことが問題になったのではないかと、剣一郎は不安になった。

剣之助は、村本繁太郎の対応に不満を抱いていた。無鉄砲なことをしでかしかねないと、心配していたところだった。

「お呼びでございましょうか」

まさかと思いつつ、剣一郎は清左衛門に声をかけた。清左衛門はいつもいかめしい顔をしているので顔つきからは心の内は判断できない。

「うむ。向こうへ」

清左衛門はひとのいない部屋に剣一郎を誘《いざな》った。

何か重苦しい雰囲気が伝わって来る。差し向かいになってから、清左衛門がおもむろに切り出した。

「聞いておると思うが、養生所見廻りの坂本時右衛門《ときえもん》から隠居願いが出され、嫡嗣《ちゃくし》時次郎に家督を譲《ゆず》ることとなった」

「はい。聞いております」

「昨今は、坂本どのも体調不良を訴えており、時次郎も成長した。よき頃合いだと思う」

「寂しい気もしますが、時次郎というよい跡継ぎがおりますから、憂《うれ》いはありますまい」

剣一郎も喜んだ。

清左衛門は表情を曇《くも》らせた。

「宇野さま。そのことで何か」

「いや。それは何の問題もない」

清左衛門はどういうわけか歯切れが悪い。

「じつは、剣之助のことだ。時次郎が新規召し抱えとなると、剣之助だけが取り残されたようになるのではないか」

「いえ、そのようなことは」

清左衛門はそのことを気にしていたのかと、剣一郎ははじめて合点がいった。

「いや、同時に見習いに上がりながら、時次郎は本勤になり、剣之助は見習いのままということになる」

「宇野さま。それは仕方のないことでございます」

剣一郎は穏やかに言った。

「うむ。しかし……」

清左衛門が言いよどんだ。その困惑した顔を見て、清左衛門が何を気にしているのかがわかった。

「ひょっとして、これを機に、私が家督を剣之助に譲るとでもお思いでしょうか」

家督を剣之助に譲るということは、剣一郎は隠居し、与力をやめるということだ。

「じつのところ、そのことだ。子思いの青柳どのだから、剣之助のために身を引くのではと、心配していた」

清左衛門は心情を吐露《とろ》した。

「私はまだまだ引退など考えておりませぬ。この職をやり続けるつもりでおります」

剣一郎は毅然《きぜん》として言った。

「その言葉を聞いて安堵《あんど》いたした。青柳どのには、この先もずっと励んでもらわねばならぬでな」

清左衛門は微かに口許を綻ばせた。

「いや。私ごときのことより、宇野さまにもまだまだ現役でいていただかねばなりませぬ」

「うむ」

清左衛門はぐっと顎を引いてから、

「なれど、剣之助のことだが」

と、顔つきを変えた。

「世辞《せじ》で言うわけではないが、剣之助はなかなかの器量だ。いつまでも見習いでおいておくのは惜しい」

「………」

「そこで、どうであろうか。剣之助をわしの養子に出さんか。わしのほうが早く奉行所を去ることになろう。そのほうが、早く剣之助が本勤になれる」

清左衛門は心持ち身を乗り出して言う。

「しかし、宇野さまのところはお話が？」

清左衛門の家は跡継ぎがなく、縁戚の子を養子にもらい受ける話が出来ているのだ。そこに剣之助が割って入ることなど出来ない。

「わしの見たところ、与力には向いておらぬ」

「それでも」

「いや、そんな急ぎの話ではない。のちのちのことだ」

「宇野さまも、まだ隠居は早すぎます」

剣一郎はつい強い口調になった。

「いまの話は聞き流してくれ。剣之助のことは考えよう」

「もったいないお話ながら、剣之助を特別扱いされても困ります。それは決して本人のためになりませぬゆえ」

剣一郎は哀願するように言った。

それは本心であった。最近の剣之助は怖いもの知らずのところがある。がむしゃらなところはよいが、ちょっと思い上がりが過ぎるかもしれない。

「青柳どの。わしがそんな依怙贔屓《えこひいき》するような人間に見えるかな」

清左衛門が眉根を寄せて言った。

「いえ、失礼いたしました」

「剣之助のことはわしだけでなく、長谷川どのも認めておられる」

内与力の長谷川四郎兵衛はもともとの奉行所の与力でなく、お奉行が赴任と同時に連れて来た自分の家臣である。

お奉行の威光を笠に着て、ことに剣一郎に対しては敵対心を抱いていて、何かと突っかかってくることが多い。それなのに、剣之助のことは気に入っているようなのだ。

「まだ内々のことだが、いずれ剣之助を見習いから本勤並に昇格させるつもりだ。長谷川どのとも話し合いは済んでいる」

「ありがたきご配慮、痛み入ります」

覚えず、剣一郎は低頭した。

「あいや」

片手を上げて、剣一郎の態度を制してから、

「じつは、もうひとつ話があるのだ」

と、清左衛門が言った。

「なんでございましょうか」

「おるいどののことだ」

「るいの？」

はて、なんであろうかと、剣一郎は訝った。

清左衛門は咳払《せきばら》いをした。瞬間、剣一郎はいやな予感がした。

「じつは……」

「宇野さま。申し訳ございません。どうか、仰らずに願いまする」

あわてて、剣一郎は清左衛門の声を制した。

「るいは、まだ嫁には行かぬと申しております」

「なれど、おるいどのはもう十七、年が明ければ十八。世間から見れば、遅いくらいではないか」

「はい。なれど、るいはまだ子どもですし」

「いや。そなたの気持ちはわかるが、いつまでも懐《ふところ》に仕舞っておいてはおるいどのが可哀そうと思わぬか」

「はい。それは、そうでございますが」

剣一郎はうろたえた。

「まあ、話だけでも聞いてもらいたい。相手は北町の年番方与力の……」

剣一郎は頭の中が真っ白になって清左衛門の声を聞いていなかった。


その夜、剣一郎は屋敷に文七を呼んだ。

いつものように、文七は庭先に立った。濡縁《ぬれえん》に腰を下ろし、剣一郎は切り出した。

「調べて欲しいことがある」

「はっ、なんなりと」

文七は畏《かしこ》まった。

「じつは、過日、金貸し善兵衛に使われていた多助という男が善兵衛を殺し、かねて思いを寄せていたおこうという女の家に駆け込み、立て籠もるという事件があった」

剣一郎は捕物出役で剣之助が疑問を持ったことから調べ出したことを話し、古道具屋で聞いたこともすべて伝えた。

「確たる証があるわけではない。ただ、不可解な点を拭いきれない。疑ってかかれば、長持も階段を塞ぐ目的で買い入れたのではないかと思えなくもない。縄があったのも不自然だ。さらに、住み込みの女中をその日に限って実家に帰していることも疑わしい。だが、事件は解決済みのことゆえ、京之進に調べさせることは控えたい。そこで、そなたに調べてもらいたい」

「畏まりました」

「事件は多助が主人の善兵衛を殺し、立て籠もりの末に自害して果てたということになっている。善兵衛殺しについても、女房のおすみの証言だけだ。頼んだ」

「はっ」

「それから、剣之助はこの事件をこのままにはしておけないだろう。ひとりで調べようとするかもしれぬ。剣之助にも調べたことはすべて話してやって欲しい」

「畏まりました。では」

暗い庭から、文七は引き上げて行った。

しばらくして、多恵がやって来た。

「いつまでも、文七をこのように使っていてよいのか」

剣一郎は表情を曇らせた。

文七がどういう恩誼《おんぎ》を多恵の父親に受けたのかわからないが、文七の多恵に対する忠誠は並々ならぬものがあった。

そのことを詮索するつもりはないが、いつまでもその思いを持ち続けることは文七にとって不幸なことではないか。

「文七にも自分の人生があるはずだ」

「言っても聞きますまい」

多恵は静かに言い、目を伏せた。

「なんとかしたいものだ」

「はい」

多恵が何か言いそうだった。

「何か」

剣一郎は問いただした。

「じつは、高塚《たかつか》さまの奥さまがお出《い》でになりました」

「なんだと?」

熱風を吹きかけられたように顔が熱くなった。

御書院御番与力高塚左兵衛《さへえ》の奥方である。世話好きで有名な御方だ。

「ある御方がるいを見初め、ぜひ嫁にしたいと願っているようにございます」

「…………」

またも、そのことかと、剣一郎は茫然《ぼうぜん》とした。

「どうかなさいましたか」

「いや」

「相手の御方と言うのは……」

剣一郎は立ち上がった。

「急用を思いだした。左門《さもん》のところに行って来る」

左門とは竹馬の友の橋尾《はしお》左門のことで、吟味方《ぎんみがた》与力として咎人《とがにん》の詮議に明け暮れている男だ。

多恵が苦笑したのがわかった。るいの縁談から逃げ出したのだと見抜かれたようだ。

左門のところに行くと言って出てきたものの、こんな時間に押しかけては左門も迷惑だろうし、用があるわけではない。

夜の屋敷町を歩いていて、茅場町《かやばちょう》の薬師堂《やくしどう》までやって来た。るいが幼い頃、熱を出すと、この薬師さまに祈願に来たものだ。

いつぞやの縁日には、るいといっしょにやって来て植木の盆栽を買い求めたことがあった。

常夜灯がほのかな光を放っている。剣一郎はひと気のない境内《けいだい》に入り、薬師如来に手を合わせた。

どうして、るいの縁談の話になると、俺は頭が混乱してしまうのだろうと、剣一郎は自分でも呆《あき》れた。

いつかその日が来るとはわかっていながら、いざとなるとうろたえてしまうのだ。

引き上げようとしたとき、向こうから誰かがやって来た。

おやっと思った。若い侍だ。

「剣之助ではないか」

剣一郎は覚えず大声を張り上げた。

「父上。やはり、ここでしたか」

剣之助が近寄って来た。

「どうしたのだ?」

剣一郎は訝しくきいた。

「母上が、外は寒いから迎えに行くようにと。父上はおそらく薬師さまに行ったと思うと申されました」

「なんと」

すっかり、行動を見抜かれていたのだ。しかし、冷静に考えれば、いくら親しい友のところとはいえど、こんな時間に訪問などするはずないとわかるだろうし、ではどこで時間を潰すかといえば、この近所では薬師さましかないと想像がつく。

やはり、俺は頭に血が上り、冷静さを欠いていたのだと、ため息をついた。

「父上。そろそろ、覚悟をしておかねばなりませぬね。私も道場の仲間から、るいを嫁にと何人からも頼まれています」

「剣之助。そんな話は聞きとうない」

剣一郎は耳を塞いでから、

「星がきれいだな」

と、夜空を見上げた。

「さすがの青痣与力も娘にはからきし弱いんですね」

「さあ、帰るぞ」

怒ったように言い、剣一郎はさっさと屋敷に向かった。

第二章　第三の男

一

剣之助は玄関横の当番所に詰めていた。ここは町人たちの訴願を受け付けるところで、若い与力の勤務場所である。見習いの剣之助は、他に用がないとき、ここに座るようにしていた。訴人は町役人同道でやって来る。すでに公事人溜《くじにんだ》まりには羽織《はおり》、袴《はかま》姿の町役人に連れられて、店借《たなが》り人らしい中年の男が緊張した顔で畏まっている。

あとからあとから、訴人はやって来る。毎日、いかに揉《も》め事が多いか。

小肥りの男が当番所にやって来て、

「恐れながら、お訴え申し上げます。てまえ、日本橋小網町《こあみちょう》の……」

と訴状を差しだした。

それを物書同心が受け取り、若い当番方の与力に渡した。受け取った与力は、訴状に目を通す。

そのとき、坂本時次郎が近づき、

「宇野さまがお呼びだ」

と、剣之助に耳打ちした。

「失礼いたします」

先輩の与力に断り、剣之助は当番所を離れた。

「宇野さまが何の用だろう」

剣之助は時次郎にきいた。

「さあ、わからん。俺もいっしょだ」

時次郎も首を傾げた。

ふたりは年番方与力部屋に行き、宇野清左衛門の前に着座した。

「青柳剣之助、坂本時次郎、お召しにより罷《まか》り越しました」

時次郎が切り出し、剣之助は隣で低頭した。

「うむ、ご苦労」

清左衛門は厳しい顔を向けた。実際は話のわかる御仁なのだが、いつも厳《いか》めしい顔つきなので、身がすくむ思いだ。

「二人とも奉行所に来て、どのくらい経つかのう」

清左衛門が世間話のように切り出した。当然、知っているはずなのに、わざときいているのだ。

「足かけ四年になります」

時次郎は答える。

「私も四年になりますが、間に一年半ほど空白があります」

その一年半は、志乃とともに酒田で過ごしていたのだ。

あのときの苦労がいまの自分を作り上げたのだと、剣之助は酒田の風景を懐かしく思い出したが、あわててその思いを脇に追いやった。

「そうであったな」

清左衛門は頷く。

「さて、青柳剣之助。坂本時次郎は来春には新規召し抱えになることが決まっている。そのことを承知だな」

「はい」

「同期なのに、時次郎が先に本勤になることに焦《あせ》りはないか」

清左衛門はじろりと睨《にら》み据えた。

「いえ、ありませぬ。時次郎のために祝福してやりたいと思います」

剣之助はさわやかに言った。

「ならば結構」

清左衛門は頷き、

「じつはふたりを呼んだのは他でもない。いずれ、正式な沙汰《さた》があろうが、前もって伝えておく」

「はい」

何事かと緊張した。

「ふたりを本勤並とする」

「えっ、本勤並ですか」

剣之助は覚えず身を乗り出してきき返した。

与力の役格は下から、無足《むそく》見習い・見習い・本勤並・本勤・支配並・支配と六段階ある。剣之助と時次郎は現在、見習いである。

見習いであると年五両余の手当てだが、本勤並になると二十両の手当てがもらえる。手当ての問題ではなく、ある程度の役目を任されるのだ。

時次郎は来春には新規召し抱えになることが決まっているからあまり関係ないといえるが、剣之助には大きなことだった。

「両名はまずは当番方として、精勤いたすように」

清左衛門の言葉を、剣之助は厳粛《げんしゅく》な思いで聞いた。

「はい。精一杯、励ませていただきます」

剣之助は大きく頷いた。

清左衛門の前を退《しりぞ》いてから、

「剣之助、よかったな」

と、時次郎はうれしそうに言った。

「うむ。これで、少し仕事がしやすくなる」

過日の捕物出役のことを思い出して、剣之助は応えた。もし、あのとき自分が検使出役与力であったらもう少し、深く調べていただろう。

「だが、責任も重くなる」

剣之助は自戒するように言った。


夕方、奉行所を出た剣之助は無意識のうちに足が浜町堀に向いた。

心に残っていることがあったが、そのことを思いだしたのだ。廊下の押入れだ。ひとの気配を感じ、戸を開けた。ふとんや古い行灯《あんどん》が仕舞ってあっただけだ。

しかし、天井板が少しずれていて、その隙間から黒っぽい着物の一部が見えたように思えた。ほんとうは男が隠れていたのではないか。そのことを確かめるためにも、もう一度、あの現場に立ってみたいと思った。

日本橋富沢町のおこうの家にやって来た。もう事件の後遺症はなく、静かなたたずまいを見せている。

深呼吸してから、剣之助は格子戸を開けて、中に呼びかけた。

「ごめんください」

しばらくして、女中らしい娘が出て来た。

「私は奉行所の見習い与力の青柳剣之助と申します。おかみさんはいらっしゃいますか」

その声が聞こえたのか、奥からおこうがやって来た。

「あら、あなたさまは？」

おこうが不審そうな顔をした。

「はい。先日の騒ぎのときに駆けつけた者です。じつは、勝手なお願いがあって参りました。役儀とは関係ありません。まったくの私事でして」

剣之助は頭を下げてから、顔を上げて頼んだ。

「私は見習いの身でして、あのときはじめて捕物出役に加わったのです。後学のために、ぜひ、現場をもう一度見ておきたいと思ったのです。まことに勝手なお願いでございますが、どうかお許し願えないでしょうか」

「申し訳ございません。二階は、いまはこの子の部屋になっていて、荷物も置いてあります。あのときとすっかり変わってしまっています」

おこうはやんわり拒絶した。

「では、二階の廊下だけでも」

剣之助は食い下がった。

「失礼でございますが、青柳さまと仰《おつしや》いますと、青痣与力の？」

おこうは小首を傾げてきいた。

「はい。息子です」

「どうりで、お顔だちが似ていると思いました」

「父をご存知なのですか」

「ふつかほど前、ここにいらっしゃいました」

「えっ、父が？」

剣之助は耳を疑った。

「ええ。あの夜のことを詳しくお訊ねになりましたよ」

「そうですか」

父はひと言も口にしなかったが、剣之助の疑問を聞き入れてくれていたのだ。

「この上、私まで押しかけては、さぞご迷惑でしょう。申し訳ありませんでした」

そう謝り、引き上げようとするのを、おこうは呼び止めた。

「何か、疑問でもあるのですか」

おこうの顔つきが鋭くなった。

「いえ。そういうわけではありません。父も、私のはじめての捕物出役だったので、私の報告が的を射ているか確かめたかったのだと思います」

「そうでしょうか」

おこうは皮肉そうな顔をしたが、

「で、あなたさまは二階に上がって何を見たかったのですか」

と、探るようにきいた。

「ただ、現場を見たかっただけです。でも、もういいんです。失礼しました」

「あっ、待って」

おこうが呼び止めた。

「廊下から部屋を見るだけなら構いませんよ。どうぞ」

おこうが穏やかに言う。

「いいんですか」

「はい。いいわね」

おこうは傍《かたわ》らにいた女中に言った。

「はい」

女中は頷いた。

「さあ、どうぞ」

「では、失礼します」

鞘《さや》ごと刀を腰から外し、右手に持ち替えて部屋に上がった。

おこうのあとに従い、狭い階段を上がって二階に行く。事件のあった部屋は鏡台や簞笥、それに柳行李《やなぎごうり》などが雑多に置かれていた。

女中はこの部屋で男が自害したことを気にしていないのか。あるいは、我慢しているのか。

剣之助はさっと見ただけですぐ部屋の前から離れた。剣之助の目的は押入れだった。

剣之助が押入れに向かうと、おこうが微《かす》かに眉《まゆ》を寄せた。構わず、押入れを開ける。ふとんが増えていたが、あのときとあまり変わりはなかった。

剣之助は天井に目をやった。別段、変わりはない。下に目をやったとき、黒っぽい固まりが見えた。廊下からの明かりで、それが綿のような埃だとわかった。

剣之助は記憶を手繰《たぐ》る。あのとき、この埃はなかった。

剣之助が振り向くと、おこうが険しい目を向けていた。

「ありがとうございました」

さりげなく言い、剣之助は階段に向かった。

おこうも下りて来た。

「ご迷惑をおかけしました」

「何かわかりましたか」

「いえ」

剣之助は曖昧《あいまい》に答えた。

「失礼します」

剣之助は外に出た。

おこうの家からだいぶ離れてから、剣之助は大きく深呼吸をした。

あのとき、天井裏に誰かが隠れていたのだ。上段の床に落ちていた綿埃は、天井裏に隠れていた者の体についた埃だ。下りるときに落ちたのに違いない。

剣之助が見たときにはなかった。だから、剣之助たちが引き上げたあとに、男が下り立ったのだ。

あの立て籠もりのとき、あの家にはおこうと多助以外にもうひとりいたのだ。

それが何を意味しているのか。

ふと、何者かがつけて来るのに気づいた。剣之助が立ち止まったとき、背後から声がかかった。

「剣之助さま」

えっと振り返ると、文七が近づいて来た。

二

同じ日の暮六つ（午後六時）過ぎ。植村京之進は神田川にかかる和泉橋《いずみばし》に駆けつけた。提灯《ちょうちん》の明かりが揺れていた。

手札を与えている岡っ引きの与吉《よきち》が出迎えた。

「旦那。こちらです」

土手の下に、与吉は案内した。

与吉が筵《むしろ》をめくる。初老の男が頭を川に向けて仰向けに倒れていた。

提灯の明かりで、死体を検《あらた》める。胸と腹に血が滲《にじ》んでいた。

「土手の上で刺され、突き落とされたようです。財布はありません。どうやら、物取りのようです」

「身許は？」

「持っていた手拭《てぬぐ》いに、懐古堂《かいこどう》と書いてありました。神田佐久間町《さくまちょう》に茶道具店の『懐古堂』があります。おそらく、そこの主人ではないかと。『懐古堂』には使いをやりました」

与吉は抜かりなく手を打っていた。

「外出先から店に帰る途中を襲われたということか。襲われたのは薄暗くなったとき、いわゆる逢魔《おうま》が時か」

京之進はすれ違うひとの顔もわかりづらくなったころの情景を思い浮かべた。柳《やなぎ》原《わら》の土手に夜鷹《よたか》が出没する頃だ。

「見ていた者はいないのか」

京之進は与吉にきいた。

「へい。たまたま、和泉橋を渡り切ったばかりの大工がおりまして、悲鳴に驚いて振り返ると、ふたりの男がもつれあっていて、そのうちひとりが反対方向に駆け出したってことです」

「その職人は？」

「へえ、向こうで待たせてあります」

「よし。会ってみよう」

土手の上に上がり、橋の袂《たもと》に待っていた印半纏《しるしばんてん》の男に与吉は声をかけた。

「旦那に、もう一度さっきの話をしてくれねえか」

「へい」

大工は腰を折った。

「あっしは岩本町《いわもとちょう》の普請場からの帰りでした。途中、商家の旦那ふうの男を追い抜き、足早に橋を渡ったんです。そしたら、突然男の悲鳴が聞こえました。たまげて振り返ると、男ふたりがもみあってました。ひとりはさっき追い抜いた旦那ふうの男でした。なにしているんだって大声を上げたら、男はその旦那らしい男を突き飛ばして逃げ出したんです。通り掛かったほかのひとが自身番に届けたってわけです」

「逃げた男の顔はわからなかったのか」

「はい。なにぶん、薄暗くなっていたので」

「わかった。ご苦労だった」

「へい」

大工は頭を下げた。

そこに、与吉の手下といっしょに和泉橋を走って渡って来た男がいた。

「親分。『懐古堂』の番頭を連れて来ました」

「ごくろう」

与吉は『懐古堂』の番頭に向かい、

「さっそくだが、顔を検めてもらおう」

と、亡骸《なきがら》のそばに連れて行った。

筵をめくり、提灯の明かりで照らすと、

「旦那さま」

と、『懐古堂』の番頭がいきなり膝を崩《くず》した。

「なんということに」

「主人に相違ないんだな」

与吉が確かめる。

「はい。主人の忠右衛門《ちゆうえもん》にございます。いったい、なにがあったのでございましょうか」

番頭は衝撃と悲しみに震《ふる》える声で言い、

「ひょっとして、お金を？」

と、見開いた目を向けた。

「きょうは、主人はどこへ行ったのだ？」

与吉がきいた。

「はい。須田町の『備前屋』に行きました」

「なに、『備前屋』だと？」

京之進が聞きとがめた。

「じつは、備前屋さんが中心になって無尽講《むじんこう》をやっていて、主人も参加しておりました。しかし、主人は体を壊し、このたび無尽講をやめることになりました」

「無尽講か」

「はい。それで掛け金を返してもらうと言って出かけました」

無尽講とはお互いの掛け金を融通し合う目的で作られた集まりだ。

「いくらだ?」

「十両です」

「十両か」

京之進は風烈廻り同心の大信田新吾から聞いた男のことを思いだした。政次という遊び人ふうの男が『備前屋』を探るように見ていたという。気になるので、お知らせしておきますということだった。

「旦那、何か」

与吉が京之進の顔つきに気づいてきいた。

「うむ。その『備前屋』を探るように見ていた男がいたそうだ」

京之進は大信田新吾から聞いた話をした。

「遊び人ふうの男で政次ですか。匂いますね」

与吉の目が鈍く光った。

「ともかく、『備前屋』に行ってみよう」

あとのことは町役人に任せ、京之進と与吉は『備前屋』に向かった。

柳原通りから須田町に入る。紙問屋の『備前屋』は漆喰《しっくい》の土蔵造りの大店《おおだな》だ。古く趣《おもむき》のある看板が屋根にかかっている。

店のほうから入ると商売の邪魔になるので、勝手口に向かった。

戸を開け、与吉が奥に呼びかけた。

小肥りの女中が出て来た。同心と岡っ引きの姿を見て、顔色を変えた。

「主人か女将《おかみ》はいるか」

与吉がきく。

「はい。少々お待ちを」

女中が奥に引っ込み、それほど待つこともなく、四十絡みのいかつい男が出て来た。細くつり上がった目は険しい。主人の惣兵衛《そうべえ》だ。

「これは八丁堀の旦那」

惣兵衛は上がり口に腰を下ろし、

「何かございましたか」

と、落ち着いた口調できいた。

「和泉橋の袂で、『懐古堂』の主人忠右衛門が殺された」

与吉が告げる。

「えっ、懐古堂さんが?」

惣兵衛は大きな目をしばたかせた。わざとらしい仕種《しぐさ》と思えなくもない。

「懐古堂はここにやって来たのではないか」

「はい。お見えになりました」

「どんな用だったのだ？」

「はい。私どもがやっている無尽講に参加をいただいておりましたが、病気を理由におやめになりました。その掛け金を受け取りにいらっしゃいました」

「いくらだ？」

「十両でございます」

『懐古堂』の番頭の話と合っている。

「懐古堂は十両を持って帰ったのだな」

「はい。で、いったい、誰が？」

「おそらく、その十両を狙《ねら》ったのかもしれない」

「なんということだ」

惣兵衛は顔を悲痛に歪《ゆが》めた。

「下手人は、ここから懐古堂のあとをつけ、和泉橋の手前で襲ったのかもしれねえ。何か、心当たりはないか」

「いえ……」

惣兵衛は小首を傾げた。が、はっと気づいたように、顔を上げた。

「そういえば、何日か前に、番頭が店を窺《うかが》っている怪しい男がいたと言っていました。もちろん、その男が関係しているかどうかはわかりませんが」

「どんな男だ？」

京之進が口を入れた。

「はい。三十前の遊び人ふうの男だったと申してました。番頭を呼んで参りましょうか」

「いや、それには及ばぬ」

やはり、店の者も政次のことに気づいていたようだ。

京之進は『備前屋』を引き上げてから、

「政次って男の住まいは青柳さまから聞いている。小舟町一丁目の市兵衛店だ。俺は青柳さまにいちおうお断りをしてから小舟町に向かう。先に行って、政次を見張っていてくれ」

「わかりやした。では」

「俺が行くまで動くな」

「へい」

京之進は与吉と別れ、八丁堀に向かった。

三

剣一郎の屋敷に京之進が訪ねて来た。

「夜分に申し訳ございません。明日にしようかと思ったのですが、早いほうがよいと思いまして」

京之進は部屋に上がらず、珍しく庭先に立った。

「なにかあったのか」

剣一郎は身構えてきいた。

「きょうの暮方、和泉橋袂にて神田佐久間町の茶道具店『懐古堂』の主人忠右衛門が殺されました。忠右衛門は、須田町の『備前屋』から十両の金を受け取って店に帰る途中でした。その金が紛失しています」

「『備前屋』だと」

剣一郎はたちまち京之進の言わんとすることを理解した。

「『備前屋』を見ていたという政次が関わりあるかわかりませんが、いちおう話を聞いておきたいと思います」

京之進は了解を求めた。

「うむ。ただし、それだけでは下手人とは言えぬ。あくまでも、話を聞くだけだ」

京之進のことだから功名心にとらわれ早まった真似をするとは思わないが、剣一郎は念のために注意を与えた。

「畏まりました」

京之進が去ってから、剣一郎はあの夜のことを思いだした。

政次は一膳飯屋の『おぎん』から出て来た男のあとをつけた。男が『備前屋』に入って行くのを確かめてから、政次は途中、伊勢町堀で鍋焼きうどんを食べてから小舟町の裏長屋に帰ったのだ。

あの長屋に来てからひと月足らずらしい。上州《じょうしゅう》から江戸に仕事を求めて出て来たと、大家に話しているが、いまだに仕事についた形跡はないという。

翌朝、京之進がやって来た。

「ゆうべ、政次は遅く帰って来ました」

京之進が市兵衛店に行ったときには留守だったという。

「で、どうした？」

「昨夜、自身番に泊めました」

「自身番に？」

「はい。長屋に帰ったあと、自身番に呼び出しました。長屋では話し声が隣近所にもれてしまいますので」

「素直に従ったか」

「はい。自身番で問いただすと、知らぬ存ぜぬの一点張り。また、『備前屋』を見ていたことも知らないと言い張りました」

「そうか」

剣一郎はそれは予想出来たことだ。しかし、『備前屋』を見ていたのは政次に間違いない。

だからといって、政次が下手人だと断定は出来ない。それでも、京之進は政次を自身番に一晩留め置いたのだ。

「じつは、自身番に呼んでいる間に、政次の住まいを調べてみたんです。そしたら、柳行李の中から十両が見つかりました」

「十両が？」

「はい。そのことを問いただすと、稼いで貯めた金だと言い張ります。では、なぜ、十両を持っているのに、あのような貧しい長屋に住んでいるのかと問うと、言葉を詰まらせて、はっきりした答えを言おうとしません」

「見つかったのは金だけで、凶器や血のついた衣服などはなかったのだな」

剣一郎は確かめた。

「ありませんでした」

「で、夕暮れどき、どこで何をしていたのか喋ったか」

「それも要領を得ないのです。一膳飯屋にいたとか、町を歩いていたとか、ころころ言い分が変わります。それから、何の仕事をしているのだときいても、いま探している最中だと答えるだけで要領を得ません。疑いがあるゆえ、いちおう大番屋に連れて行こうと思います」

京之進は意気込んで言った。

「止《や》むを得んだろう。だが、疑わしいというだけで、下手人だという証拠はない。そこは慎重に」

「はい。それでは」

京之進は引き上げた。

確かに、政次は疑わしい。十両の件は大きい。凶器や血のついた衣服、それに盗んだ財布はどこかで処分出来る。

はっきりした弁明が出来ないことも怪しい。

しかし、剣一郎はあえて政次の無実の可能性を考えてみた。

『備前屋』を見ていたのは獲物を狙っていたとも考えられるが、しかし、政次はどうして懐古堂が十両を持っていたことを知ったのか。ふつうに考えれば、政次がそのことを知ることは出来ないはずだ。

あえて、考えれば、政次が一膳飯屋からつけた男が『備前屋』の人間だったことだ。

その後、政次はあの番頭ふうの男に接触し、懐古堂のことを聞き出した。そうとも考えられる。

しかし、政次と番頭がつるんでいるという前提の下だ。さらに、『備前屋』の前にいたことを否定したいのは下手人ならば当然のことだが、政次には別の目的があったのかもしれない。それが何かわからないが、他人には言えないことなのだろう。

政次が下手人かどうか、なんともいえない。しかし、ひとを殺して十両を盗んだら重罪だ。死罪、いや獄門台に首を晒《さら》すことになる。

慎重の上にも慎重であらねばならない。

剣一郎は出仕したあと、宇野清左衛門のところに行き、

「お願いがございます」

と、申し出た。

「昨夕、和泉橋袂で発生した強盗事件について気になる点があり、少し調べてみたいのです。勝手をお許しいただけませぬでしょうか」

仮に、政次の仕業《しわざ》でないとすれば、何が考えられるか。下手人は、和泉橋の袂で金を持っていそうな獲物を待っていたのか。しかし、強盗が出没するには時間が早いような気がする。最初から、懐古堂を狙っていたと考えたほうが自然だ。つまり、下手人は懐古堂が十両を持っていることを知っていたのだ。

「青柳どのにお任せする。よろしく、頼む」

清左衛門は信頼を寄せる目を向けて言った。

「ありがとうございます」

一礼して立とうとするのを、清左衛門が引き止めた。

「青柳どの。ちとよろしいか」

「はい」

剣一郎は再び腰を下ろした。

「きのう、剣之助に本勤並にすることを告げた」

「まことでございますか」

剣一郎は軽い昂奮を覚えた。剣之助にとっては願ってもないことだ。だが、素直に喜んでいいものか。

「しかし」

剣一郎は懸念を口にしようとしたが、すかさず清左衛門が剣一郎をさえぎって言った。

「心配は無用。このことは長谷川どのとも協議の上のこと」

清左衛門は厳しい顔で続けた。

「実質の見習い期間が短いとはいえ、才気あふれる人材を見習いのまま封じ込めておくのは奉行所としてももったいない話だ。よって、これからは本勤の者と同じように働いてもらわねばならない」

「はっ」

「当面は当番方に属してもらうが、適当な時期に、剣之助にふさわしい掛かりについてもらおうと思っている。有能な与力に育て上げるのも我らの役目だ」

「宇野さま。ありがたき仕合わせにございます」

「誤解なきよう。なにも、青柳どのの倅《せがれ》だからということではない」

清左衛門は珍しく笑った。

「まあ、いずれ正式にお奉行からお達しがあろう。それだけでござる。呼び止めてすまなかった」

「はっ」

平身低頭して、剣一郎は清左衛門の前から辞去した。

与力部屋に戻るとき、廊下で剣之助と出合った。端に寄り、黙礼した剣之助の態度にも自信のようなものが漲《みなぎ》っているように思えた。

剣一郎は頼もしく思いながら剣之助の前を通りすぎて行った。

与力部屋に戻った。すでに、礒島源太郎と大信田新吾は市中の見回りに出ていた。

剣一郎もすぐ奉行所を出た。

剣一郎は奉行所から本材木町《ほんざいもくちょう》三丁目と四丁目の間にある『三四《さんし》の番屋』と呼ばれる大番屋にやって来た。

まさに、京之進が政次を問いただしているところだった。

「もう一度、訊ねる。神田須田町の紙問屋『備前屋』の店先を見ていたことはないと申すのか」

「はい。休んでいただけで、見ていたわけではありません」

政次は神妙に答える。

「あの金はどうして手に入れたのだ？」

「働いて稼いだものです。決してやましいものじゃありません」

「何をして稼いだのだ？」

「行商です。京で小間物を仕入れ、若狭《わかさ》、丹後《たんご》、但馬《たじま》のほうの山奥まで売り歩きました。十年間でようやく貯めたんです」

視線を逸らして、政次は答えた。

「それを証すことが出来るか」

「証す……」

政次は俯《うつむ》いた。

「どうだ？」

「いっしょに行商をしていた相棒は私が金を貯めていたことを知っています。でも、亡くなりました。ですから、証すことは出来ません」

政次は俯いたまま答えた。

「相棒はどうして死んだのだ？」

「病気です。歳のせいもあります」

京之進が疑わしい目を向けると、政次はいったん上げた顔を再び伏せた。

「江戸にはいつ来たのだ？」

「ひと月ほど前です」

「江戸に来て、最初は『大和屋清兵衛《やまとやせいべえ》』という旅籠《はたご》に泊まったな」

剣一郎には初耳だったが、請人の口入れ屋から聞き出したことなのであろう。

「はい。それから、今の長屋を見つけました」

「長屋に落ち着いてからも、仕事についていないようだが？」

「はい」

「なぜだ？」

「いろいろと」

政次は口を濁《にご》した。

「江戸には何しに来たのだ？」

「はい。仕事を探しに」

「しかし、仕事についていないではないか」

「へえ。いろいろありまして」

「だから、そのいろいろとは何だ？」

京之進は顔つきを変えた。

「へえ」

政次の返答は曖昧《あいまい》だ。

「十両といえば大金だ。あのような長屋に住むものとしちゃ不相応な額だ。それに、行商で貯めたというが、生半可なことじゃ十両など貯まるわけない。有体《ありてい》に言え。獲物を物色していたのではないか」

京之進は強い口調で問いつめた。

「違います。ほんとうに、あっしは何もしていません。ほんとうです」

政次は哀願するように訴える。

京之進はため息をついた。

「よし。いったん、戻せ」

京之進は政次を仮牢に戻させ、改めて剣一郎に顔を向けた。

「ご覧のとおりでございます。肝心な点になると、言葉を濁します」

「外に出よう」

剣一郎は京之進を外に誘った。

大番屋の裏手の楓川の辺《ほとり》に立った。

「印象としてはどうだ?」

剣一郎はきいた。

「政次から血の匂いが感じられます。でも、それはあの男の体に染みついたもので、懐古堂殺しに関係しているかわかりません」

「うむ。政次は凶状持ちの可能性もあるか。懐古堂を殺した男は匕首《あいくち》の扱いに馴れている。政次からはそんな印象は受けぬが」

「ただ、十両の件や『備前屋』を見ていた件に関しては答えが曖昧です」

「そのことが事件絡みかどうか」

剣一郎は疑問を呈したが、本心では政次はシロではないかと思っている。ただ、何か秘密を抱えていることは間違いない。

「京之進、どうする? 疑いが強ければ、強引に牢送りにし、拷問にかけるか」

剣一郎はあえてきいた。

「青柳さま」

京之進は厳しい顔を向けた。

「まだ、牢送りには出来ませぬ。あと一晩、大番屋に留め置き、証拠を探してみます」

「うむ。それがよい」

大番屋に帰る京之進と別れ、剣一郎は奉行所に戻った。

四

数日後の夕方。大気は冷え渡り、肌を刺す冷気が総身を包み込んでいる。

奉行所を退出した剣之助はいったん屋敷に戻って着替えてから永代橋《えいたいばし》までやって来た。夕暮れどきで、橋を渡るひとの足も忙《せわ》しない。皆、寒そうに体をすくめている。

文七は先に来ていて、永代橋の真ん中から夕焼けに映える富士《ふじ》の姿を眺めていた。

文七の横顔に何とも言えない悲しみのようなものが漂っているのを感じて、剣之助はすぐに近づくのがためらわれた。

が、文七が気づいて顔を向けた。そのときには、いつもの引き締まった厳しい顔つきになっていた。

「待ちましたか」

剣之助は気にしてきいた。

「いいえ。ちょっと前についたばかりです。さあ、行きましょうか」

文七は深川に足を向けた。

金貸し善兵衛の妻女おすみは佐賀町《さがちょう》の畳職藤助《とうすけ》の家の二階に仮住まいしているという。善兵衛が殺された家に住む気にならないということらしい。

畳職藤助の家は通りに面した間口の狭い家だ。戸口に立つと、板敷の間に四十前後と思える職人が畳を編んでいた。おそらく、この男が藤助だろう。傍《かたわ》らで、若い職人が真新しい畳を壁に立てかけたところだった。

「ごめんなさい」

文七が声をかけた。

「はい」

奥から、三十半ばぐらいの女が出て来た。藤助のかみさんに違いない。

「こちらに、善兵衛さんのおかみさんのおすみさんがいらっしゃると聞いてやって参りました。おすみさんにお会いしたいのですが」

文七は腰を低くして頼んだ。

「おまえさんは？」

「善兵衛さんと何度かお会いしたことがあるものでございます。このたびのことをお聞きし、ひとめおかみさんにお悔《く》やみを申したくて参りました」

かみさんは剣之助に目をやったが、すぐに立ち上がった。

「ここは仕事場ですから、こっちに来てくださいな」

かみさんはふたりを台所のほうに通した。

それから、階段の下から、

「おすみさん」

と、二階に声をかけた。

しばらくして、四十絡みの小柄な女が階段を下りてやって来た。

藤助のかみさんが何か耳打ちした。おすみははっとしたようにこっちを見た。一瞬迷ったようだが、すぐに近づいて来た。

「私がおすみですが、おまえさん方は善兵衛とどういう関係なんですかえ」

問いつめるようなおすみの言い方だった。おすみは以前は門前仲町《もんぜんなかちょう》の料理屋で仲居をしていたそうだ。髪に白いものが混じり、目尻に皺《しわ》が浮かんでいるが、若い頃は美しい顔をしていただろうことを思わせた。

「じつは、善兵衛さんより多助のほうとつきあいが長いんです。なぜ、多助があんなことをしたのか、そのわけが知りたいと思いましてね」

おすみは迷惑そうに顔をしかめ、

「わけは八丁堀の旦那にも申し上げましたよ。私は、あのことは思いだしたくないんですよ。わけなら、八丁堀の旦那にきいてくださいな」

と突き放すように言い、その場から離れようとした。

「ちょっとお待ちください。多助は、ちょっと妙なことを話しておりましてね」

文七はわざと思わせぶりに言った。

「妙なこと？」

おすみが顔色を変えた。

「へえ。ですから、あのときの様子をもう一度、おかみさんに聞いてから八丁堀の旦那のところに行こうかと思っているんです」

「妙なことって、なんなんです？」

おすみは気にした。

「いいえ、多助がどういう状況で、善兵衛さんを殺したのか。そのときの様子を、おかみさんに聞いてからでないと」

　文七は相手を焦らした。

「多助が何を言っていたのか知りませんが、多助は善兵衛の金をくすねていたんですよ。善兵衛はそのことを私にこぼしていたんです。目をかけてやっているのに、とんでもないやつだ。今度、やったら、許さないって」

　おすみは厳しい顔で続けた。

「そしたら、また帳場から金がなくなっていた。あの日、善兵衛は多助を問いただしたんです。ご番所に訴える。主人の金を盗んだのだから、軽くても遠島《えんとう》、場合によっては死罪にもなると怒鳴ったんです。そしたら、多助はかっとなって、台所から出刃包丁を持って来て、善兵衛に襲いかかった。そういうことですよ」

「おかみさんは、一部始終をご覧になっていたんですか」

　表情の変化を見逃すまいとするように、文七はおすみの顔を見据えてきく。

「刺したところは見ていませんよ。私は隣の部屋にいたのでね。悲鳴に驚いて部屋に駆け込むと、善兵衛が倒れ、多助が包丁を持って茫然《ぼうぜん》と立っていたんですよ。それから、私に気づくと、おこうを殺して俺も死ぬって叫んで、いきなり多助は包丁を持ったまま、家を飛び出したんです」

「なんで、多助はおこうさんを殺そうとしたんでしょうね」

「おこうさんに岡惚れしていましたからね。でも、まったく相手にされていなかったんですよ」

「多助が善兵衛さんを殺したとき、おかみさんは大声を出して誰かを呼ばなかったんですか」

文七が口をはさむ。

「恐ろしくて、声が出なかったんです」

おすみは顔をしかめて続けた。

「多助が外に飛び出してから、やっと我に返って、多助を追い掛けたんですよ。でも、外には誰もいなくて」

「もう夜で、霙《みぞれ》が降っていたそうですね」

「ええ。私が大声で叫んでも、聞こえなかったんでしょう」

「ところで、おこうを殺して俺も死ぬって叫んで飛び出したのに、多助は、実際にはおこうさんを殺しはしなかった。ほんとうに、おこうさんを殺して自分も死ぬと言ったのですか」

それまで黙っていた剣之助が口をきいた。

おすみは剣之助に顔を向け、

「そうです。この耳で、確かに聞きました。それが証拠には、多助はおこうさんの家に行ったではありませんか」

「あなたは、おこうさんと親しいのですか」

「いえ、それほど親しいわけではありません」

「言葉を交わしたことはあるのですか」

「ええ、それくらいは……」

「それなのに、なぜ、わざわざ多助はあなたにおこうさんを殺すという話をしたんでしょうか」

剣之助が不思議そうにきいた。

「そんなこと、わかりません」

おすみは一瞬、目を伏せてから、

「で、多助が話していた妙なことってなんですか」

と、話題を変えようとするように目を向けた。

「ひょっとしたら、俺は殺されるかもしれないと」

文七が言うと、おすみが息を呑んだのがわかった。

「どういうことですか」

おすみは喉《のど》にひっかかったような声できいた。

「あっしも、きき返しました。でも、はっきり言わないんです。ただ、こんなことを。女はおっかないと」

「………」

おすみの顔が強張《こわば》った。

「おかみさん。多助が言っていた女ってのは、おこうさんのことでしょうか」

「どうして、そう思うんですよ。そんなこと、あるわけないじゃないですか」

おすみが突っかかるように言った。

「多助は、こうも言ったんです。じつは、ひと目を忍んで家に来てくれと、おこうから言われたと」

「嘘です」

おすみが喚《わめ》くように言った。

おすみの言うように嘘だった。だが、剣之助はそう考えているのだ。だから、文七にそのように言わせたのだ。

「嘘というのは？」

文七が問い返す。

「おこうさんがそんなことを言うはずありません。多助が嘘をついているんです」

おすみがむきになって言う。

「どうして、わかるんですかえ。おかみさんは、おこうさんをあまりよく知らないんでしょう」

文七はおすみの矛盾《むじゅん》をついた。

「でも、そのくらいはわかりますよ」

おすみは顔をそむけて答えた。

「そうですか。でも、どうして、多助は嘘をついたんでしょうかね」

「それは、隙《すき》あらば、おこうさんの家に忍び込もうとしていたんです。その場合の言い訳に日頃から、そんなことを言っているんですよ。じつは、私もそんなことを言っていたのを聞いたことがあります」

「ほう、聞いたことがあるんですか」

文七はわざと嘲笑《ちようしよう》するようにおすみを見た。

「そうですよ」

おすみは怒ったような顔をした。

「わかりました。どうにか、納得がいきそうです」

文七は矛《ほこ》を納めるように言った。

「それならよございました」

おすみは安堵の色を浮かべた。

「最後に、もうひとつだけお聞かせください」

剣之助が口を開いた。

「なんですか」

おすみは露骨《ろこつ》に顔を歪《ゆが》めた。

「善兵衛さんはかなり厳しい借金の取り立てをしていたと聞きました。どうなんですか」

剣之助はおすみの表情の変化を見逃さないように凝視した。

「はい。確かに、善兵衛は容赦なく取り立てていました。その手先になったのが多助ですから、ふたりは蛇蝎《だかつ》のごとく嫌われていました」

「おかみさんはどうして善兵衛さんと？」

文七がきく。

おすみはしばらく俯いていたが、ふいに顔を上げた。

「私も昔、善兵衛からお金を借りていたんですよ」

「金を？」

「ええ。おとっつあんが怪我をして仕事に出られなくなって、おっかさんも病気になっちまってね。料理屋に働きに出ましたけど、金が足りなくて、善兵衛から金を借りたんです。そういう縁から、善兵衛にくどかれて」

「どうでした？」

「何がですか」

「善兵衛さんのおかみさんになって」

「さあ、どうだったでしょうか」

おすみは曖昧に笑った。

「もうひとつ、お聞かせください。善兵衛さんが金を貸していたひとには、おかみさんが代わって催促するんですか」

「ええ、いちおうそういうことになります。でも、私は無理に返してもらおうとは思いませんけど」

「そうですか。でも、善兵衛さんと多助のふたりが死んでしまって、助かったと思っているひともいるんでしょうね」

文七の言葉に、おすみは表情を強張らせた。

「いや、いろいろ立ち入ったことをおききして申し訳ありませんでした。これで」

文七が辞去の挨拶《あいさつ》をした。

戸口で振り返ると、おすみはこっちを険しい目で見ていた。

「やはり、何か隠している感じはしますね」

文七が感想を述べた。

「ええ、でも、確たる証拠はありません」

疑ってかかっているから、隠しているように感じるだけかもしれない。

「借用書があれば、借り主を調べだせるのでしょうが、おそらく肝心なものは始末されているに違いありません。あっ、剣之助さま。こっちへ」

文七は路地の暗がりに剣之助を引き入れた。

「おすみが出て来るかもしれません」

「なるほど。男のところに駆け込む可能性もありますね」

路地から見張っていたが、おすみが出て来る気配はなかった。

「出て来ませんね」

結局、半刻（一時間）ほど待ったが、おすみは出て来なかった。

「用心しているのでしょう」

剣之助はため息をついた。

「もう出て行かないかもしれません。明日の朝からあっしが見張りますよ」

「私も」

「いけません。剣之助さまは奉行所のお役目があります。動き回るのはあっしに任せてください」

「すみません」

ふたりは永代橋に向かったが、剣之助はふとかねてから気になっていたことを訊ねた。

「文七さんが、私たちのために骨身を惜しまず働いてくださるのは、どうしてなのですか」

文七の横顔にふと翳《かげ》が差したような気がした。さっき、永代橋から夕焼けに染まる富士の姿を見ていたときの横顔と同じような憂いが窺えた。

が、それも一瞬だった。穏やかな顔を向け、

「こういう仕事が好きなんですよ。だから、やらせていただいているんです」

「でも、探索だけじゃありません。私が酒田にいるときも、わざわざ訪ねて来てくれ

たではありませんか。父や母のために、私に会いに来てくれました」

志乃と暮らしている酒田まで、文七は訪ねて来てくれた。また、剣之助が酒田から江戸に戻るときには護衛の役も果たしてくれた。

どうして、そこまでしてくれるのか。

永代橋を渡り終えてから、剣之助はまたきいた。

「文七さんのお住まいはどちらなんですか」

「あっしは霊岸島町《れいがんじまちょう》に住んでいます」

「ああ、八丁堀の近くなんですね。用があるとき、そこにお邪魔してもよろしいですか」

剣之助は明るくきいた。

「とんでもない。こちらから出向きます」

文七は顔の前で手を振ったが、

「いえ、屋敷では父がいますし……」

と、剣之助は笑いながら言った。

屋敷に来たとき、父に会わずに剣之助にだけ会うのも不自然であろうし、文七が気を使うことになる。

「用があれば、私のほうから訪ねます」

剣之助は文七がどういうところに住んでいるのか知りたかったのだ。

「わかりました。霊岸島町の太郎兵衛店《たろべえだな》に住んでおります。汚いところですが、いつでもお待ちしています」

「ありがとう。では、ここで」

亀島川《かめじまがわ》にかかる橋を渡れば南茅場町《みなみかやばちょう》で八丁堀は目と鼻の先だ。

「お屋敷までお送りいたします」

文七は当然のように言った。

「夕餉《ゆうげ》をごいっしょしていただけますか」

剣之助は食事に誘ってみた。

「いえ、滅相《めっそう》もない」

「だったら、ここで」

剣之助が言うと、文七は苦笑した。

「わかりました」

剣之助の気持ちがわかったのか、文七は折れたように言った。

橋を渡り切るまで、文七は見送ってくれた。

これから、文七はひとりで夕餉をとるのだ。一膳飯屋にでも寄って行くのか。そこで、少し酒でも呑んで長屋に帰るのだろうか。

幼い頃から世話になっているというのに、文七自身のことを何も知らなかったことに気付く。

それにしても、なぜ文七は両親に忠誠を尽くしているのだろうか……。

屋敷に帰ると、志乃の部屋にるいが遊びに来ていた。

「兄上、お邪魔しております」

るいはすました顔で言う。

「きょうは、なんだか深刻そうだな。何かあったのか」

いつもは笑い声がするのに、この日はおとなしかった。

「ええ、義姉上《あねうえ》さまにご相談がありまして」

るいは真顔で言う。

「相談？」

剣之助は志乃の顔を見た。

「るいさま、いま、とてもお悩みなのです」

志乃がいたわるような目をるいに向けた。

「どうしたんだ？　私にも聞かせてくれ。力になろう」

剣之助は心配して言う。

「いえ、兄上では無理でございます」

「なにが無理なものか。最初から、そんなことを言うものではない」

「だって……」

るいが俯いた。

「るいさまの縁談です」

志乃が横合いから言った。

「縁談？」

「それも、いくつもだそうです。みな、お相手が熱心で」

「そうか」

剣之助はため息をついた。

志乃が不思議そうに見た。

「じつは私の道場仲間も何人かが……」

「まあ」

るいは困惑した様子を見せた。

「るいはまだ、お嫁に行きたくはありませぬ。もうしばらく、志乃さまといっしょにいたいのです」

「それは……」

剣之助はなんと言ってよいかわからなかった。ふいに、茅場町薬師の境内《けいだい》で夜空を見上げていた父の姿が思い出された。

五

翌日、剣一郎は神田佐久間町にある茶道具店の『懐古堂』に行った。

閉ざされた雨戸にまだ喪中《もちゅう》の貼り紙が残っていた。

潜り戸から中に入り、番頭を呼び出した。

奥から、番頭が沈んだ表情でやって来た。

「定町廻りからすでに訊ねられただろうが、もう一度、教えてもらいたい」

剣一郎は切り出した。

「備前屋とのつきあいは長いのか」

「はい。亡くなられた先代が茶器に凝っておられました。その後、惣兵衛さんが跡を継いでからも、おつきあいは続いていたようです」

「惣兵衛は養子なのか」

「そうだと思います。備前屋さんとは、主人が無尽講を通じておつきあいしておりましたので、私は詳しいことは存じあげません」

「無尽講には熱心だったのか」

「はい。寄合には必ず伺っておりました」

「なぜ、主人は無尽講をやめることに？」

「体の具合がよくないと申しておりました」

「具合がよくないというのはほんとうか」

「いいえ。そのようには見えませんでした。ですから、それは口実で、他に理由があったのかもしれません」

「その理由に想像がつくか」

「いいえ」

「主人が十両を持ち帰ることを知っている人間は、そなた以外にいたか」

「いいえ、おりませぬ」

「政次という男を知っているか」

「いえ。知りませぬ」

ここでは手掛かりになるようなものは得られなかった。

次に、剣一郎は神田須田町にある『備前屋』に惣兵衛を訪ねた。

主人の惣兵衛は剣一郎を客間に通した。

「青柳さまにお出《い》でいただくとは、恐縮にございます」

備前屋は如才《じょさい》なく言う。

「幾つか、訊ねたい」

剣一郎は切り出した。

「なんなりと」

「無尽講の代表ということだが？」

「はい、さようでございます」

「仲間は多いのか」

「はい。五十人ちょっとでございましょうか」

「具体的にどのようなことをするのだ？」

「はい。月々の掛け金を貯めておき、必要なときにはご融通しております」

「いままで、融通したことはあるのか」

「はい。何件かございます」

「仲間はどのような者たちだ？」

「はい。ほとんど大店《おおだな》の主人でございます。まあ、中には『懐古堂』さんのようなこぢんまりしたお店もございますが」

「懐古堂は講をやめたそうだが？」

「はい。残念ですが」

「なぜ、やめたのだろうか」

「歳をとって来たからでしょうか」

それでは十分な説明になってはいないが、備前屋にはわからぬことかもしれない。

「他にやめた人間はいるのか」

「いえ、おりませぬ」

「無尽講の寄合は月に何回かあるのか」

「はい、ございます。全員が集まることはなかなか難しいので、小さな集まりを多くしております」

備前屋は穏やかな口調で続ける。

「そなたは、どういうわけで『備前屋』に入ったのだな」

「はい。『備前屋』の先代の跡取り息子は放蕩《ほうとう》三昧の末に店を傾かせてしまいました。そこで、先代からなんとか『備前屋』を引き受けてもらえないかと懇願され、養子という形で入ったのでございます」

「いまでは立派に立て直したというわけか。僅《わず》か七年でたいしたものだ」

「恐れ入ります」

「ところで、政次という男を知っているか」

「いえ、知りません。ただ、番頭が店の前で様子を窺っている妙な男がいると言っていたので、あとをつけさせたことがございます」

「あとをつけさせた?」

「はい。でも、途中で見失ってしまったようですが」

あのときのことかもしれないと、剣一郎は思いだした。

「その番頭に会わせてもらえぬか」

「はい」

備前屋が手を叩くと、廊下に足音がした。女中が部屋の前にやって来た。

「すまないが、浜太郎《はまたろう》を呼んで来ておくれ」

備前屋が命じる。

はい、と返事をし、女中が去った。

「ところで、さっき先代の跡取り息子が放蕩三昧の末に店を傾かせたと申していたが、いったい何をしたのだな」

「お決まりの酒と女、それに博打です。勘当されました」

備前屋の口許に冷笑のようなものが浮かんだ。

「旦那さま。浜太郎にございます」

障子の外で声がした。

「ああ、お入り」

「失礼します」

障子を開けて入って来たのは、紛れもなくあのときの男だ。

「青柳さまが、例の男をつけたときのことをおききになりたいそうだ」

備前屋がわけを話した。

「店を見ていたのは政次という男だ。政次をどこまでつけたのだな」

「はい。東堀留川の河岸《かし》の並びに『おぎん』という一膳飯屋があります。男はそこに入りました。しばらく待っていたのですが、なかなか出てきません。それで、おかしいと思い、店に入ってみました。亭主にきいたら、その客なら裏口から出て行ったと言うのです。つけていたのに気づいていたようでした」

「なるほど。いや、よくわかった」

政次は途中でつけられていることに気づいたのだ。それで、一膳飯屋の裏口から出て、逆に浜太郎を見張った。

そして、あとをつけたのだ。

「ところで、なぜ、政次のあとをつけさせたのだな」

備前屋に顔を向けた。

「盗人が下見をしているかもしれないと思ったからです。自身番に訴え出ることを考えましたが、もし違っていたらたいへんだと思い、二の足を踏んだのでございます」

「そうか」

備前屋の線からは、政次以外に犯人につながりそうなものは見いだせなかった。

剣一郎は『備前屋』をあとにした。

それから、大番屋にやって来た。

京之進が政次を取り調べている最中だった。

「もう一度きく。『備前屋』を見ていたのは、獲物を物色していたのではないか」

同じことを何度もきいているようだ。

「違います。ただ、休んでいるとき、何気なく眺めていただけなんです」

「しかし、一度だけではない。何度も」

「偶然でございます」

政次は疲れたような声を出した。

京之進は大きくため息をついてから、剣一郎に顔を向けた。

「少し、政次に訊ねたいのだが」

剣一郎は京之進に断った。

「はい。どうぞ」

京之進は体をずらした。

剣一郎は政次の前に立ち、

「東堀留川の河岸にある『おぎん』という一膳飯屋を知っているな」

と、きいた。

政次の眉が微かに動いた。

「以前、つけて来た男の正体を摑もうと、おまえはその『おぎん』に入り、すぐ裏から出て店の前に潜んでいた男を見張り、逆につけて行ったことがあるだろう。間違いないな」

「いえ」

政次は狼狽《ろうばい》した。

「隠しても無駄だ」

やがて、政次は頷いた。

「そのとおりです。誰が何のためにつけて来るのか、それを確かめたかったのです」

「男は『備前屋』の番頭だった」

政次は黙って頷いた。

「なぜ、『備前屋』の番頭がそなたのあとをつけたかわかるか」

「いえ。わかりません」

何かを隠している。だが、それは懐古堂殺しとは違うものだ。剣一郎はそう思った。

「私からは以上だ」

剣一郎は京之進と交替した。

「政次。殺された『懐古堂』の主人は備前屋から十両を受け取って帰るところだったのだ。おまえが長屋の柳行李の奥に隠してあったのも十両」

京之進がまたそのことをきいた。

「あっしじゃありません」

「じゃあ、なぜ、十両を隠していた？」

「あの金は……」

政次は言いさした。

「言えぬのか」

「いえ、何度も申したとおり、行商で稼いだ金です。でも、そいつを証すことは出来ねえ。だから、何も言えねえんです」

政次は悔しそうに言った。

京之進は大きくため息をつき、

「よし。連れて行け」

と、政次を仮牢に帰した。

「外へ」

剣一郎は京之進を外に誘った。

「どうだ？」

楓川の辺で、剣一郎はきいた。

「じつは、目撃した大工が、もみ合っているふたりの顔はわからなかったそうですが、下手人のほうが背が高かったようだと言うんです」

「背が高い？」

「はい。政次と殺された懐古堂は同じような背の高さなんです。思い違いでなければ、下手人は政次ではないということになります」

「なるほど」

「政次を下手人と決めつけるには決定的な証拠に欠けていると思います。政次は十両を持っていたことや『備前屋』の様子を窺っていたことなどの偶然が重なったのではないでしょうか」

「うむ。その可能性もある。だが」

と、剣一郎は続けた。

「政次は猫をかぶっているのかもしれない。本物の悪党は本性を隠す。政次が何か秘密を抱えているのは間違いない。それが事件と関わりはないと言いきれるか」

「その懸念もあります。ですが、いまの時点では牢送りにするには証拠が不足していると思います。解き放とうかと思います」

「あとで、やはり、政次が下手人だったとしたら、いかがする？　解き放ちしたために、新たな事件が起きたとしたら？」

「そのときは……」

京之進は言葉に詰まった。

「心配いたすな。そのときは私が責任を持つ。そなたの思う通りにせよ」

「青柳さま」

剣一郎は内心ではほっとしていた。

功を焦って、拷問まがいのことをして自白を迫ることは厳《げん》に慎まねばならない。冤《えん》罪《ざい》こそ、最大の犯罪であることを言い続けている剣一郎は京之進の言葉にすがすがしい気持ちになった。

「それでは、さっそく」

「うむ」

京之進は大番屋に戻った。

それから四半刻（三十分）ほどして、政次が出て来た。

外に出てすぐ、天を仰いだ。眩しそうに目を細め、それから少し俯き加減に歩きだした。政次の背中を見送りながら、剣一郎は政次の抱える秘密のことを考えていた。

六

その日も奉行所から帰って来ると、剣之助は着替えてから再び出かけた。

そして、日本橋富沢町のおこうの家の近くに行った。

あのとき、押入れの天井裏に何者かが隠れていたのは間違いない。おそらく、その人物がすべて仕掛けたことだと、剣之助は考えた。

そして、その人物とおこうとおすみは仲間だ。三人がぐるになって、善兵衛と多助を殺したのだ。思案の末、剣之助はそうした結論に至っていた。

おこうの家をしばらく見ていた。剣之助の読み通り、三人がぐるならば、もうひとりの人物が訪ねて来るかもしれないと思ったが、その気配はなかった。剣之助は諦めてその場を離れた。

富沢町から長谷川町を通り、東堀留川沿いから日本橋川沿いの小網町に出て、剣之助は霊岸島に渡った。

霊岸島町の太郎兵衛店の木戸を入った。夕暮れどきで、長屋の女房が魚を焼いていた。

働きに出ていた亭主たちがぽちぽちと帰って来た。

剣之助は寒そうにして豆腐《とうふ》を買って戻って来たかみさんに、文七の住まいをきいた。

「文七さんは、奥から二軒目ですよ」

「ありがとう」

剣之助はそこに向かった。

腰高障子を開けたが、中は真っ暗だった。外出しているようだ。すぐに帰って来るとは思えず、剣之助は長屋を出た。

迷っていると、向こうから男の影が近づいて来た。文七だった。

「剣之助さま」

文七が駆け寄った。

「ちょうどよかった。お留守だったのでどうしようかと思っていたんです」

「そいつは申し訳ございませんでした」

文七は頭を下げてから、

「汚いところですが、寄りますかえ」

と、きいた。

文七が住んでいるところを見てみたかった。

再び、長屋の木戸を入り、狭い路地を行く。陽が落ちて一段と寒くなった。路地にはもう誰も出ていない。

文七は腰高障子を開けた。

中は真っ暗だ。馴れた足取りで部屋にあがり、文七は行灯に灯を入れた。

「さあ、どうぞ」

土間に足を踏み入れる。ひんやりしていた。

入った右手に水瓶《みずがめ》や流しがあり、へっついにお釜《かま》が載っている。部屋は四畳半で、隅の枕屏風《まくらびょうぶ》の向こうに夜具が隠してある。壁に着物がかかっていた。

「お邪魔します」

剣之助は大刀を外して部屋に上がった。

文七は小さな火鉢に火をおこした。

「じき、温まりますから」

文七は言ってから、

「狭くてびっくりなさったでしょう」

と、剣之助の顔を見た。

「いいえ。でも、ずいぶん整頓されています」

剣之助はもう一度部屋の中を見回した。

「物があまりないですからね」

木箱の上に小さな仏壇があり、位牌《いはい》があった。その視線に気づいて、文七が言った。

「おふくろです」

文七は小さく呟《つぶや》いた。その表情が寂しそうだった。

文七のことをもっと知りたいと思ったが、どう切り出すか迷っているうちに文七は立ち上がった。文七は燗《かん》をつけた。

こういう暮らしをしていたのかと、自分の暮らしとの落差に剣之助は激しい衝撃を受けていた。剣之助には家族がいる。親もおり、妹がおり、妻もいる。

しかし、文七はひとりぼっちなのだ。

「剣之助さま。呑みませんか」

湯呑みに酒を注ぎ、文七は寄越した。

「いただきます」

剣之助は湯呑みを受け取った。

冷えた体に燗酒は生き返るようだった。

「つまみがなにもないんです。すみません」

「いえ、十分です」

文七のことをきいてみたいと思いながら、剣之助の口からついて出たのは別のことだった。

「で、おすみは動きましたか」

「ええ。きのう、きょうと見張っていたのですが、不審な人物のところには行っていません。きょうは富沢町の家に立ち寄った程度です」

「警戒しているのでしょうか」

「こっちが思っている以上に肝の据わった女かもしれません。あっしらの狙いを見透かして動こうとしないんじゃないでしょうか」

文七は湯呑みを持ったまま渋い顔をした。

「そうなると、見つけるには難しくなりますね」

「また、明日も見張ります」

文七は言ってから、

「それにしても、善兵衛と多助はあくどい取り立てをしていたようです。多助がよく行っていたという居酒屋で聞いて来たんですが、金を返せなくなった男のかみさんを岡場所に売り飛ばしたこともあったそうです」

「やはり、ふたりを憎んでいる人間の仕業《しわざ》かもしれませんね」

主謀者は、善兵衛から金を借りて厳しい取り立てにあっていた人間だと、剣之助は思った。

「ともかく、善兵衛と多助の評判はよくありません。同情する人間がまったくいません」

ふと、剣之助は何かが閃《ひらめ》いた。だが、形にならない。さっき文七が言ったことで何か気になったものがあったのだ。

「剣之助さま、どうかされましたか」

「何か頭の中に閃いたのですが、それが何なのか思い浮かばないんです」

剣之助はもどかしげに言う。

「そうですか。さあ、どうですか、もう一杯」

「いただきます」

剣之助は湯吞みを差しだした。

酒が注がれるのを見ていて、剣之助ははたとある考えが浮かんだ。

「そうだ。岡場所に売り飛ばしたという話です」

剣之助はさっき閃いたことを思いだした。

「善兵衛と多助を殺そうとしたのは、よほど追い詰められていたからでしょう。ひょっとして、他にも岡場所に売り飛ばされようとしていた金の借り主がいるんじゃないでしょうか」

「なるほど。その可能性は十分にありますね」

文七は顔を引き締めた。

「善兵衛は直接遊女屋に売り飛ばしたのでしょうか」

「女衒《ぜげん》を通してでしょうね」

「善兵衛と親しい女衒にきけば、次は誰を売り飛ばそうとしていたかわかるんじゃありませんか」

文七は湯呑みを置いて、

「そうですね。女衒と善兵衛は話がついていたかもしれませんね。やってみましょう。その女衒を見つけ出します」

「見つけ出す手立てはありますか」

「さっきのかみさんを岡場所に売り飛ばされた男はわかります。その男にきけば、女衒のことがわかるかもしれません」

文七はふと表情を曇らせた。

その表情が気になった。

「文七さん、何か」

「あっ、いえ」

文七ははっと気づいたように、

「すみません。なんでもないんです」

「文七さん。どんな些細《ささい》なことでも、仰っていただけませんか。そうでないと、気になって仕方ありません。いまの文七さんの顔つきは何か思いついたように思えました」

剣之助は一歩も引き下がらないように迫った。

「ほんとうにたいしたことではないんです」

「文七さん」

剣之助は居住まいを正し、

「私は文七さんが何を感じ、どう思ったのか知りたいのです。今後の私のためだと思って仰ってください」

と、頭を下げた。

「そんなことをされたら困ります。わかりました」

文七もあわてて座り直して、

「善兵衛と多助を殺したのは、女衒に売られようとした女の身内かもしれません。おそらく、貧しい者でしょう。切羽詰まった末に殺しに走ったのだと思います。善兵衛と多助は殺されても同情するものは誰もいません。反対に、殺した人間はきっと貧しい善良な男なのではないでしょうか。だから、おすみやおこうも手を貸したんだと思います」

「…………」

「もし、そうだとしたら、そんな男を追い詰めていいのかと……」

剣之助は脳天を殴られたような衝撃を受けた。

事件はすでに解決している。それを、蒸し返そうとしているのだ。もしかすると、まっとうに生きてきた男を追い詰める結果になり、新たな不幸が生まれないとも限らない。

しかし、と剣之助の心の中でもうひとつの声が生じた。

たとえ、そうであっても、真実を探るべきではないのかと。それに、まだ下手人がどんな人間かわからない。借金から逃れるために凶行に及んだのかもしれないのだ。

「文七さんの心配はよくわかります。でも、私は真実が知りたい。実際に、あの夜、善兵衛の家とおこうの家で何があったのか知りたいのです」

「すみません。よけいなことを申しまして」

「父ならどうしたでしょうか」

剣之助は父ならどうするか気になった。

「剣之助さまと同じことを仰ったと思います。真実を知らなければ何もはじまりません。どうぞ、いまのことは忘れてください。それに、真相はまったく別のところにあるかもしれませんから」

「ええ」

剣之助は頷いた。

すべては真相を知ってからだ。

「明日、女衒を探してみます。そんな難しいとは思いません。すぐ、見つかるはずです」

「では、明日の夕方、またここに訪ねて来ます」

「わかりました」

「では、明日」

剣之助は立ち上がった。

「あっしもそこまで」

文七は火鉢の炭を灰に隠してから立ち上がった。

外に出たとたん、冷気に包まれた。長屋の住人は家の中に引っ込んだままだった。

路地を出てから、文七と別れた。

文七はこれから一膳飯屋に行き、飯を食べるのだ。食べて帰っても待っているひとはいない。剣之助はやりきれないように夜空を見上げた。

流れ星が走った。

そんな男を追い詰めていいのか……絞り出すように口にした文七の言葉が蘇る。

翌日、奉行所に出仕した剣之助は玄関横の当番所に詰めた。相変わらず訴人が列をなしている。

長い一日が終わり、剣之助は急いで退出した。

屋敷に帰り、着替えてから、再び屋敷を出た。

文七の長屋まですぐだった。長屋に入って行くと、先日会ったことがある長屋の女房が軽く頭を下げた。剣之助も会釈《えしゃく》をして、文七の住まいに向かった。

文七は剣之助を待っていた。

「わかりました。女衒の幸太《こうた》と会って、いま帰って来たところです」

さっそく、文七は切り出した。

「幸太が言うには、佐賀町の甚兵衛店《じんべえだな》に住むおたまという十九歳になる娘だということです。病気の母親とふたり暮らしです」

「佐賀町だと、おすみが居候《いそうろう》している家の近くですね」

「そうなんです。母親の薬代のために善兵衛から借りた金が利子を含めて十二両だったそうです。返済期限が過ぎても返せない。それで、女衒がおたまを連れて行くことになっていたということです」

「そうですか」

「おたまは隣家の砂吉《すなきち》と恋仲らしいんです」

「そういう男がいたのですね」

その男がおたまを守るために……。いけない、いけない、証拠もないのに先走ってはだめだ。

「おたまは、永代寺《えいたいじ》参道にある料理茶屋で昼間だけ働いているようです。砂吉は棒手《ぼて》振《ふ》りで歩き回っているということです。これから行けば、おたまが引き上げる時間に間に合いますが。よろしければ、これからごいっしょに」

「ぜひ」

剣之助はすかさず応じた。

永代橋を渡り、永代寺門前町にやって来た。さっき霙が降ったが、いまは止んでいる。だが、さらに寒くなった。

冬の夕暮れは早く、辺りは薄暗くなっていた。料理屋の軒行灯に明かりが寒々と灯《とも》っている。

「お店のほうじゃ、おたまには夜も働いてもらいたいそうですが、母親の看病があるというので昼間だけ働いているということです」

文七が説明した。

そこに立って四半刻（三十分）ほどして、料理屋の門口から若い女が出て来た。

「おたまです」

文七が囁《ささや》いた。

剣之助と文七はおたまのあとをつけた。おたまは気が急いているように小走りで、油堀川沿《あぶらぼりがわぞ》いを佐賀町に向かった。

川船の提灯の明かりが行き交っていた。

やがて、おたまは長屋の木戸を入って行った。甚兵衛店はおすみが居候している家からそう離れていなかった。

ふたりは路地を入った。おたまは一番奥の家に入った。ふたりはその前をゆっくり過ぎた。

突き当たりに井戸がある。その向こうは表店の土蔵が聳《そび》えていた。

腰高障子が開いたので、ふたりは急いで稲荷《いなり》の祠《ほこら》の横に隠れた。出て来たのはおたまで、桶《おけ》を持っていた。

井戸で水を汲み、家に戻った。素足が寒々としていた。

「これから、夕飯の仕度をするのでしょうね」

剣之助は呟くように言った。

るいとあまり歳は離れていないのだ。

そのとき、木戸口から男が帰って来た。天秤棒《てんびんぼう》を担いでいる。

「砂吉だと思います」

文七が小声で言った。

砂吉はおたまの手前の家の前に立ち、天秤棒を横に立てかけてから腰高障子を開けて中に入った。

そして、すぐに出て来て、おたまの家に行った。

「砂吉さん。お帰りなさい」

女の声が聞こえた。おたまだろう。

「おっかさんの具合はどうだえ」

砂吉の声だ。

「ええ、だいぶいいわ」

おたまの声も明るい。

「ただいま、帰りました」

砂吉が母親に声をかけたようだ。

「お帰りなさい。寒かったでしょう。さあ、ここに当たって」

病人らしい弱々しい声だった。

「すいません」

砂吉はすぐにおたまに言った。

「これ」

「なあに」

「きょうはずいぶん売れたんだ。だから、稲荷寿司を買って来た。いっしょに食べようと思って。たんとは買えなかったけど」

「まあ、うれしい。あっ、冷たい手」

稲荷寿司を受け取ろうとして、砂吉の手に触れたのだろう。

「おたまちゃんこそ、ひびが切れているじゃないか」

「私はだいじょうぶよ」

「砂吉さん。早く、当たりなさい」

再び母親の声。

「はい。ところで、炭はどう?」

「そろそろなくなるわ」

「よし。明日も稼いで、炭を買って来よう」

「私だって働いているんだもの……」

剣之助はしんみりとなって文七を見た。文七も切なそうな顔をしていた。

善兵衛と多助が死んで、借金地獄から解放されたのだ。おたまは、多助が善兵衛を殺して自殺したと信じているのに違いない。

剣之助と文七は長屋を出た。

「どうしましょうか」

文七がきいた。

「まず、おたまが善兵衛から金を借りていたのが事実かどうか、確かめてみましょう」

「しかし、長屋の連中に訊ねると、おたまの耳に入ってしまいますが」

文七は心配した。

「そこはうまくやりましょう」

「わかりやした。大家にきくのが一番でしょう。剣之助さま、ここは剣之助さまに素性を明かしていただいた上で大家に接したほうがよろしいかと思います」

「ええ、そのつもりです」

「じゃあ、大家に掛け合ってきます」

文七は長屋木戸のとば口にある大家の家の戸口に立ち、戸に手をかけた。

「ごめんくださいまし。夜分、恐れ入ります」

文七は奥に向かって呼びかけた。

太い声で返事があり、小柄な初老の男が出て来た。

「どちらさまで？」

少し咎《とが》め立てするように、初老の男がきいた。鼻が上を向き、唇が厚く少し頑固そうな顔をしている。目の縁《ふち》が少し赤い。

どうやら、酒を呑んでいたところを邪魔されて機嫌が悪いようだ。

剣之助は文七と入れ代わって前に出た。

「大家さんですか」

「そうです。あなたさまは？」

「私は八丁堀の見習い与力青柳剣之助と申します」

「青柳さま？　もしや、青痣与力の？」

大家は目を見開いた。

「はい」

「それは気づきませんで」

大家はあわてて居住まいを正した。

「じつは、私は金貸し善兵衛に金を借りていた人間を調べているのですが、この長屋に住むおたまという者もそのひとりだと聞いて調べに来ました」

剣之助は口実を言う。

「何か、問題が？」

大家は不安そうな顔になった。

「いえ。単なる後始末ですので、心配するようなことではありません。で、どうなのでしょうか、善兵衛から金を借りていたのは事実でしょうか」

「はい」

大家は表情を曇らせた。

「おたまの母親は長く臥《ふ》せっていて、薬代が嵩《かさ》み、やむなく善兵衛から金を借りたそうです。利子が積もり、いつの間にか返済額が十二両に。返済期限がきても返せず、多助って男がやって来て矢の催促。返せねえなら、約束通り、岡場所に行ってもらうと大声で威《おど》していました」

大家は不快そうに顔を歪めた。

「善兵衛は貸すときには仏顔ですが、いざ返済を迫るとなると、もう鬼としかいいようがございません」

「善兵衛が死んで、その金はどうなったのですか」

「善兵衛のおかみさんがやって来たんです」

「善兵衛のおかみさんっていうと、おすみさんですか」

「ええ。確か、そういう名でした」

「善兵衛のおかみさんとおたまは親しいのでしょうか」

「いえ、善兵衛の家に行ったときに会ったかもしれませんが、親しいことはないはずですよ。おかみさんがやって来て、おたまは驚いていましたから」

「おかみさんは何のために来たのですか」

「法外な利子で金を貸していたからと、返済期限を延ばしてくれて、それから返済額も下げてくれたそうです。返済は五両でよいことに」

大家はありがたそうに言う。

「十二両が五両ですか」

「はい。おたまは泣いて喜んでいましたが、善兵衛の不幸に便乗したことを気に病んでいました」

「おたまには恋仲の者がいると聞いたのですが」

「よくご存じで。ええ、隣家の砂吉という男です。こいつも若いが、なかなか働き者でしてね、おたまの借金の返済のためにと朝から晩まで働きづめです。体を壊さなきゃいいと思うほどです」

「そうですか」

剣之助は頷き、

「おたまの母親の様子はどうなんですか」

「心の臓が悪いようです。よかったり、悪かったりでして、医者の話では長いことないような……」

大家は沈んだ声を出した。

「昔は商家の内儀さんだったらしいのですが、いまはこんな長屋で寝込むような暮らしになってしまったんです。人間の一生なんて、わからないものです。ただ、救いはおたまに砂吉って男が出来たことです。砂吉はいい奴だ」

「砂吉に家族は？」

「奴は捨て子だったそうです。どこかの商家にもらわれたが、そこでこき使われ、逃げ出して来たそうです。いまじゃ、ひとりで立派にやっています。あっしたちは砂吉とおたまを応援しているんですよ」

「砂吉は、おたまが岡場所に売り飛ばされそうになったら、どうするつもりだったのでしょうか」

「さあ。どうでしょうか」

大家は小首を傾げた。

「砂吉は善兵衛のおかみさんを知っていたのでしょうか」

「いや、それはないはずですよ。なにしろ、善兵衛のかみさんがここに来たのは、あのときの一度切りですから」

「それから、もうひとつ、おたまか砂吉の知り合いにおこうという女がいるかどうかわかりますか」

「さあ、いないと思いますよ。聞いたことはありません」

「そうですか」

剣之助は文七に目をやり、何かきくことがあるかと目顔で訊ねた。

首を横に振ったので、剣之助は大家に礼を言い、

「私がきいていたことを、おたまや砂吉には内密に願います。よけいな不安を持たせたくありませんから」

「ええ、わかっております」

大家は請け合った。

外に出ると、また霙が降って来た。

「おすみが返済額を減らし、返済期限を延ばしたというのが気になりますね」

剣之助が寒そうに声を震わせた。

「ええ。でも、大家の話だと、おすみはおたまや砂吉とはつきあいがないようですが」

「そうですね。しいていえば、善兵衛の家に金を借りに行ったときに、おすみはおたまと顔を合わせている。でも、それだけで、おすみがおたまに同情するでしょうか。仮に、同情したとしても、あれほどのことを仕出かすでしょうか」

わからないと、剣之助は思った。

永代橋を渡る頃には霙が強くなっていた。顔を伏せて、ふたりは急ぎ足で橋を渡った。

第三章　男の素性

一

翌日、剣一郎が出仕すると、すぐに坂本時次郎がやって来て、

「青柳さま。宇野さまがお呼びにございます」

と、伝えた。

「あい、わかった」

剣一郎は返事をしてから、

「縁談が決まったそうだの。よかったではないか。お父上もさぞ、お喜びであろう」

と、声をかけた。

「はい。ありがとうございます」

時次郎は顔を綻《ほころ》ばせた。

「お父上に負けずに励むように」

「はい」

大きな声で返事をして、時次郎は去って行った。

剣一郎が立ち上がったとき、礒島源太郎と大信田新吾がやって来て、

「それでは行って来ます」

「うむ。頼んだ」

ふたりは市中の見廻りに出かけるのだ。

剣一郎は年番方の部屋に行ったが、宇野清左衛門はいなかった。すると、年番方の同心が近づいて来て、

「青柳さま。宇野さまは長谷川さまといっしょにございます。御案内いたすよう申しつかっております」

「さようか」

剣一郎は同心のあとについて廊下を曲がったところにある座敷に行った。

同心が襖《ふすま》を開けた。中で、清左衛門と長谷川四郎兵衛が向かい合っていた。四郎兵衛は相変わらず気難しそうな顔をしていた。

「青柳どの。さあ、こちらへ」

清左衛門が手を指し示した。

剣一郎は膝《ひざ》を進め、ふたりから少し下がった場所に腰を下ろした。

「何かございましたか」

剣一郎から切り出した。

「いまから三ヵ月ほど前、神田花房町の下駄屋『苅田屋』の主人が首吊り自殺をした件を覚えておろう」

「確か、博打《ばくち》で大負けして莫大《ばくだい》な借金を背負ったということでした」

いつぞや、町廻りをしている折り、儀島源太郎が話していた。

「さよう。昨今、家屋敷をとられたり、妻子と別れたり、博打で悲惨な状況に追い詰められていく人間が跡を絶たない。『苅田屋』の主人が通っていたのは、どうやら直参の東條廉太郎《とうじようれんたろう》どのの屋敷だったらしいことがわかった」

「東條廉太郎どの？」

「百五十俵三人扶持の小普請組だ。本所南割下水《ほんじよみなみわりげすい》の屋敷が賭場になっていた。もっとも、東條廉太郎どのが胴元というわけでなく、場所を提供していただけだ。寺銭をとっていたというわけだ」

清左衛門は侮蔑《ぶべつ》したように言い、さらに続けた。

「苅田屋の家族の話ではいかさま賭博《とばく》にひっかかったようだ。そこで、作田新兵衛《さくたしんべえ》に探索を続けさせていたが、その後、賭場が開かれない。二カ月ほど前にやめたようだ」

作田新兵衛は隠密廻り同心である。

隠密廻りは隠密に市中を巡回し、秘密裏に探索を行なう。あらゆる職業の人間に変装し、事件を探索する。

「手が入る前に、賭場を替えたとしか思えない」

四郎兵衛が苦々しい顔で吐き捨てた。

「苅田屋が首を吊ったあとも、夜逃げをした者もいた。そういったことが続いたので、手入れを食らうと思って先手を打ったのであろう」

清左衛門が続けて言った。

東條廉太郎の屋敷で賭場が開かれていたことが明白であっても、現場を押さえない限り、博打の罪を問えないのだ。

「しかし、それまで博打に手を染めていた人間がいつまでもおとなしくしているとは思えませぬ」

剣一郎は断言するように言った。

「そのことだ。胴元はどこか別な場所で賭場を開いているに違いない。胴元を知っているのは東條廉太郎どのだ」

「つまり、東條廉太郎どのの口を割らせたいと？」

剣一郎は清左衛門の顔色を読んで言った。

「さよう。もはや、それしか、胴元を見つけ出せる手立てがない」

「しかし、東條廉太郎どのが胴元の名を明かすでしょうか」

部屋を貸して、寺銭をとっていたのだ。胴元を裏切るような真似はしないだろう。

「じつは、小普請組頭を通して東條廉太郎どのに接触してみたのだ」

「それはまことですか」

「わしの判断で、行なった」

長谷川四郎兵衛が険《けわ》しい顔で言った。

「で、いかがでしたか」

「いや」

四郎兵衛は首を横に振ったが、

「東條どのはこう申された。南町の青痣《あおあざ》与力にならば話してもよいと」

「私に？」

剣一郎は小首を傾げた。

「どういうことでしょうか」

「わからん。ただ、青痣与力を寄越せということだ」

四郎兵衛は怒ったように言った。

「青柳どの。そういうわけなのだ。東條どのに会って来てはくれまいか」

清左衛門がとりなすように言う。

「会うことはやぶさかではありませんが、なぜ、東條どのが……」

ほんとうのことを話してくれるのか、それとも他に何か企《たくら》みでもあるのか。

「じつは、東條どのは期日を決めている。今夜だ」

「今夜？」

やけに急な話だ。

「さよう、今夜だ。薬研堀《やげんぼり》にある『伊予亭《いよてい》』という料理屋に来られたいとのこと。よいな。頼んだ」

命じるように言い、四郎兵衛は立ち上がった。

四郎兵衛が部屋を出て行ってから、

「青柳どの。ご苦労だがよろしく頼む」

と、清左衛門が言った。

「なれど、東條どのがほんとうに話してくれるとは思えません。何か、企みがあるのではありますまいか」

剣一郎は懸念を示した。

「わしも素直に話すとは思っていない」

清左衛門も苦い顔で応じた。

「登城した際、お奉行は老中から博打の取締りが手ぬるいのではないかと叱られたそうだ。それで、長谷川どのは焦っているのだ」

「ともかく、会ってみなければはじまりませぬ」

「料理屋の支払いはこっちで持たざるを得まい。奉行所につけておくように」

そう言い、清左衛門も立ち上がった。

作田新兵衛が待機しているというので、剣一郎は新兵衛を与力部屋に呼んだ。

「新兵衛。東條廉太郎どののことについて教えてもらおうか」

「はっ」

新兵衛は顔を上げてから、

「東條廉太郎どのは三十六歳。前妻を離縁し、いまは独《ひと》り身です。身持ちが悪く、屋敷にいつもいかがわしい女を引き入れています。評判は芳《かんば》しいものではありません。

いわゆる、本所の不良御家人です」

「なるほど」

そんな男が何の得もないのに、素直に胴元の名を教えるとは思えない。

そのほか、東條廉太郎について聞いたが、呆《あき》れ返るような話ばかりだ。たとえば、料理屋で言いがかりをつけてただ酒を呑んだり、借金を踏み倒したり……。

「念のために、今夜、『伊予亭』に入って行く客を調べておくように」

剣一郎は思いついて言った。

「客を、ですか」

新兵衛は不思議そうにきいた。

「そうだ。東條廉太郎どのが何を企んでいるかはわからぬ。ひょっとして、私を誘《おび》き出したわけは……」

剣一郎はあることを考えた。そのことを話すと、

「畏《かしこ》まりました」

と、新兵衛は合点して答えた。

その夜、いったん奉行所から屋敷に帰り、着替えてから剣一郎は薬研堀に向かっ

た。

『伊予亭』は鯛《たい》料理で知られている。

黒板塀に囲まれた大きな二階建ての料理屋だ。応対に出た女将《おかみ》に、東條廉太郎の名を出すと、話が通してあったとみえてすぐに案内してくれた。

通されたのは一階の曲がりくねった廊下を突き当たりまで行ったところにある座敷だった。内庭の向こうに、別の部屋が見えた。そこの障子《しようじ》が少し開いていた。

東條廉太郎はまだ来ていなかった。

女将は剣一郎の大刀を床の間にかけてから、改めて挨拶《あいさつ》をした。

「ただいま、東條さまをお呼びいたします」

「東條さまはもう来ているのか」

「はい。別の部屋にお見えにございます」

「別の部屋？　どなたかといっしょか」

「は、はい」

女将はすぐに座を立った。

女将が引っ込んでから、ほとんど間を置かずに、大柄な武士が入って来た。無腰であり、刀は別の部屋に置いて来たのだろう。女将から聞いてきたにしては早すぎる。

どこかで、剣一郎がやって来るのを見ていたのだろう。さしずめ、内庭をはさんだ向かい側の部屋にいたのかもしれないと思った。

差し向かいになってから、

「そなたが高名な青痣与力どのか。お会い出来て光栄でござる。拙者《せっしゃ》、東條廉太郎と申す。無役の穀潰《ごくつぶ》しだ」

と、自嘲しながら言う。すでに酒が入っているようだった。

「恐れ入ります。南町与力、青柳剣一郎にございます」

剣一郎は腰を折った。

仲居が酒膳を運んで来た。

「まあ、呑みながら話をしようではござらぬか」

東條廉太郎は鷹揚《おうよう》に言う。

「その青痣の由来を聞いておる。単身で、押込み一味の中に乗り込んだときの勇気と正義の証しだそうな」

「周囲が勝手に買いかぶっているだけにございます」

「なれど、ひとりで押込み一味を退治したのは事実なのでござろう。たいしたものだ。そんな名与力どのとお近づきになれて光栄でござる」

「恐れ入ります」

相手に逆らわず、剣一郎は応じた。

取り止めのない話がしばらく続いたあとで、

「東條さま。そろそろ、用向きの話を」

と、剣一郎は催促した。

「そうであった」

東條廉太郎はふと笑みを浮かべ、

「女将。すまぬが、座を外してくれ」

と、言った。

「はい」

女将と仲居が部屋を出て行ってから、

「お手前方が睨《にら》んだとおり、我が屋敷は長い間、賭場として開放していた」

と、いきなり打ち明けた。

「だが、『苅田屋』の主人が首を吊ったことから雲行きが怪しくなり、とうとう二カ月ほど前に、胴元が俺の屋敷から撤退しよった。おかげで、寺銭が入ってこなくなり、当てが大きく狂った」

廉太郎は盃《さかずき》を口に運んでから、

「ただし、いま話したことは、組頭には打ち明けていない。問われたが、否定し続けた。賭場にしていたなどとわかったら、甲府《こうふ》勤番を命ぜられるか、へたをすれば士籍を剝奪《はくだつ》されてしまうからな」

と、口許を歪《ゆが》めた。

「ならば、なぜ内与力の長谷川四郎兵衛どのに？」

「なあに、青痣与力にお目にかかりたかったからでござるよ」

廉太郎はおかしそうに笑った。

「で、誰に場所を貸していたのでしょうか」

剣一郎は核心に触れた。

「言えぬ」

廉太郎は平然と言い放った。

「話していただけるものと思い参りましたが？」

剣一郎はあわてずにきき返す。

「そのつもりだったが、胴元が捕まれば、俺のことも喋るだろう。そうなると、さっき言ったように、甲府に流されてしまう。それだけでなく、仲間を裏切ることはいけないことだ。そうではないか」

「それはご本心から仰《おっしゃ》っておいでてござるか」

「いかにも」

「なるほど。では、私がここに来た意味はないことになりますね」

「うむ。申し訳なく思っておる」

廉太郎は涼しい顔で言う。

「さようでございますか」

剣一郎は廉太郎の意図を読み取った。俺をあることで利用しようとしているのではないか。そのとおりだったと思った。

剣一郎はすっくと立ち上がった。

廉太郎は顔色を変えた。

「帰るのか」

「ここにいても仕方ありませぬ」

「待て」

「ではお話しいただけるのですか」

剣一郎は廉太郎を見下ろしてきいた。

「それは出来ぬ相談だ」

「なるほど」

剣一郎は床の間に行き、大刀を摑んでから、

「東條さま。改めてご挨拶にあがりましょう」

と言い、障子に向かった。

障子を開けてから、植込みの向こうにある座敷に目をやった。

向こうの少し開いていた障子が静かに閉ざされた。

自分の考えに間違いないと、剣一郎は思った。

女将が飛んで来た。

「お帰りでございますか」

「女将。あの部屋の客人は誰だな」

障子を開けたまま、剣一郎は廉太郎に聞こえよがしにきいた。

「そればかりは……」

女将が苦しそうな顔をした。

「いや、答えずともよい」

剣一郎は静かに言った。

「青柳どの。戻られよ」

廉太郎が未練ありげに言う。

「いや、時間の無駄でござろう。それとも、私に帰られて困ることがございますか。

たとえば、向こうの座敷の者の手前……」

「なに」

廉太郎の顔色が変わった。

やはり、自分の考えが外れていないと思った。

「失礼」

「待て」

廉太郎が立ち上がって来た。

「東條さまの目的は半分は果たされたでございましょう」

「………」

「失礼します」

剣一郎は廉太郎を振り切って引き上げた。

門を出て、いくらも歩かないうちにすすっと遊び人の姿の新兵衛が近寄って来た。

「早かったですね」

「東條廉太郎どのの狙いはやはり思ったとおりだった。誰かに私といっしょのところを見せつけようとしたのだ」

剣一郎は苦々しい思いで言った。

「なんのためにでございましょうか」

「いつでも私に秘密を打ち明けられるということを見せつけたかったのであろう」

「ひょっとして、ゆすりのために」

「おそらく、そうであろう」

剣一郎は暗がりに身を隠し、

「きょうの客の中に、東條廉太郎どのの連れがいたはずだ。ゆすりの対象となるのは堅気《かたぎ》ふうの男だろう。思い当たる人間はいたか」

「青柳さまがやって来る四半刻（三十分）ほど前に、商家の旦那ふうの男が入って行きました。東條廉太郎どのと同じぐらいの時間でした。おそらく、あの男が相手ではないかと思われます」

「よし。その男の正体を突き止めてくれ」

「わかりました。では」

新兵衛は『伊予亭』に戻った。

しんしんと寒い夜である。皓々《こうこう》と照る月の光を浴びながら、剣一郎は八丁堀への帰途についた。

二

翌日も、剣之助は奉行所から帰ると、心配そうな顔つきの志乃に、すまないと謝って出かけた。

砂吉がおすみ、あるいはおこうと接触する可能性はある。砂吉の商売だ。下駄を売って、各町内を歩き回っているのだ。

善兵衛の店の前を通った。雨戸が閉まっている。いまだおすみは佐賀町に行ったままなのだ。事件のあった現場で暮らしたくないのだろう。

剣之助は多助が駆け込んだおこうの家の前にやって来た。おすみとおこうは親しいという間柄ではないという。

だが、そこに砂吉が介在したら、と剣之助は考えた。

おこうの家の並びにある惣菜屋は夕餉《ゆうげ》の仕度をする長屋の女房たちで混み合っている。

剣之助は近くの長屋の路地に行こうと思ったとき、向こうから天秤棒《てんびんぼう》を担いだ男がやって来るのを見た。

一瞬、砂吉かと思ったが、別人だった。草双紙《くさぞうし》などを収納する小箱や家紋入りの提灯《ちょうちん》箱を売って歩く文庫売りだ。

ふと、思いついて剣之助は文庫売りの男に声をかけた。

「少々、ものをお訊ねします」

「へい」

文庫売りの男は立ち止まった。

「この界隈《かいわい》で、他に棒手振《ぼてふ》りの男を見かけたことはありますか」

剣之助は二十七、八歳と思える男の顔を見た。

「棒手振りですって。ええ、そりゃ、何人もの棒手振りを見かけますが」

文庫売りは戸惑《とまど》いぎみに答える。

「顔なじみになるということもあるんでしょうね」

「ええ、そりゃ、まあ」

不思議そうな顔をしたのは、質問の真意がくみ取れないからだろう。剣之助は構わずきいた。

「砂吉という棒手振りをご存じですか」

「砂吉ですかえ。下駄売りの男じゃありませんか。ええ、その男ならときたま顔を合わせます」

「この付近でも会ったことはあるんですか」

「そうですね。一度ぐらいはあったかもしれません」

「そうですか。いや、引き止めてすみませんでした」

「いえ」

文庫売りの男は小首を傾げて去って行った。

やはり、砂吉はこの界隈を行商しているのだ。そのとき、おすみやおこうと知り合いになった可能性はある。

だからといって、あのような事件を起こしてまで、砂吉に手を貸すということには結びつかない。

迷っていると、ひとが近づいて来る気配に、剣之助は振り返った。

「文七さん」

剣之助は意外そうに文七を見た。

「剣之助さま。どうして、ここに?」

文七もまた驚いていた。

「ええ。砂吉が行商でこの界隈にやって来たことがあったのではないかと思ったものですから」

「剣之助さま。じつはあっしもそうなんです」

文七は真顔になって、

「で、どうでしたかえ」

と、きいた。

「文庫売りの男が砂吉を知っていました。この界隈で見かけたことがあったそうです」

「そうですか。あっしは、おこうの家の隣に住む亭主からきいたのですが、事件の起きる数日前に、若い男が裏口からおこうの家に入って行くのを見ていたそうです」

文七が低いが力のこもった声で言った。

「その男が砂吉でしょうか」

「その可能性はあります。ただ、砂吉だとしても、砂吉とおこうが共謀するようになった経緯がわかりません」

文七は首を横に振った。

「ええ。砂吉、おすみ、おこうの三人を結びつける何かがわからなければ単なる想像の域を出ません。それより」

剣之助は肝心な点をついた。

「砂吉にあんなだいそれたことが出来るでしょうか」

そう思うそばから、別の考えがわき起こる。

だが、おたまが女衒《ぜげん》に売られようとしているのを黙って手を拱《こまぬ》いているだろうか。どんなことをしてでも、防ぎたいと思うのではないか。

砂吉が下手人なのだろうか。それに、おすみやおこうが手を貸したという考えだ。

だが、単に同情からではそこまでしない。

おすみには善兵衛を、おこうには多助を殺したい事情があったとしたら……。三人には共通の目的があるということになる。

そのとき、剣之助はふと善兵衛の女房のおすみの話を思いだした。

「あのおすみも以前は善兵衛から金を借りていたと言いましたね」

「ええ、父親が怪我をし、母親が病気で、やむなく金を借りたということでした」

「こういうことは考えられませんか。金を借りた縁でくどかれたと言っていましたが、おすみは借金を返せず、代わりに妾《めかけ》にされたと」

「あっ」

文七が気づいたように言う。

「若い頃のおすみは相当ないい女だったそうです。そうかもしれません。だとすると、おすみは無理やり善兵衛の妾にされたということになります」

「ええ、善兵衛を恨んでいた。そこに、同じような境遇のおたまを見て、自分の過去と重ねて恨みを募《つの》らせた……」

「ええ、十分に考えられます」

文七が大きく頷いた。

剣之助もそうに違いないと思ったとき、ふいに目の前が翳《かげ》ったような錯覚がした。ある考えが浮かんだのだ。

もし、想像どおりだとすると、善兵衛と多助殺しに悲惨な事情があることになる。ふたりを殺したのは貧しく善良な人びとかもしれない。自分がいきがって追い求めてきたものは、このような悲惨な現実を暴くことなのか。だとしたら、果たしてそれは正しかったのだろうか。

いや、まだ砂吉がやったと決まったわけではないのだ。砂吉は関係ないのかもしれない。剣之助は、そう思おうとした。

ふたりは無意識のうちに小網町に出て、日本橋川沿いを永代橋に向かっていた。橋を渡ると下から噴き上げて来る川風が肌を刺すように冷たい。だが、剣之助は昂奮しているのか、寒さを感じなかった。

永代橋を渡り、佐賀町にやって来た。ふと気づくと、おすみが世話になっている家の近くに来ていた。

剣之助は立ち止まった。

「おすみに会ってみます」

剣之助は決意したように言った。

文七は何か言いかけたが、

「わかりました」

と、素直に従った。

「文七さん。あの家の中では話しづらいかもしれません。私は、川っぷちで待っています。おすみにこう伝えてもらえませんか。砂吉さんとおたまさんのことで訊ねたいことがあると。後ろ暗いことがあれば出て来るかもしれません」

「承知しました」

おすみが世話になっている家に向かう文七を見送ってから、剣之助は路地を入り、大川のほうに向かった。

川っぷちに立つと、肌が痛くなるような寒さに襲われた。この凍るような冷気の大川に屋根船が浮かんでいた。

川風が頰を殴るように吹いてくる。川の水も凍りつくような寒さだが、波は立ち、押し寄せた波が足下で砕けて消えた。

自分は間違ったことをしているのだ。自分が勝手に文七を巻き込んでやっている。なんでもないことを、さも裏があるような勘違いをして、ひとを疑っている。それが許されるのかと、自問した。

打ち寄せた波が流木を運んで来た。そして、まるで、運命に翻弄されるかのようにまた波が流木をさらっていた。

自分は運命の波を起こし、おたまや砂吉たちを不幸に追いやろうとしているのかもしれない。

剣之助の胸が波立ってきた。

背後に足音がした。剣之助は振り返った。文七とおすみが近づいて来た。

「お呼びだてしてすみません」

剣之助はまず詫《わ》びた。

「それより、なんなんですか。おたまさんのことで話があるって。いったい、私に何の関わりがあるっていうんですか」

凍りつくような夜を打ち破るような激しさで、おすみは抗議した。

おすみはやはりおたまのことを知っていたのだ。剣之助は静かに切り出した。

「善兵衛さんはおたまさんにお金を貸していたようですね」

「誰が、そんなことを……」

「幸太という女衒です」

真っ暗で、表情はわからないが、おすみが息を呑んだのがわかった。

「女衒は善兵衛さんを通じおたまさんを買うことになっていた……」

「嘘です」

おすみの声が闇を引き裂いた。

「確かにお金は貸していましたが、もう返してもらいました。ですから、何の関わりもありませんよ」

「では、女衒の幸太が嘘をついていると?」

「ええ。あるいは、善兵衛が返してもらったことを話していなかったのかもしれません。いずれにしろ、貸し借りはもうないんですよ」

おすみは激してきた。

「いったい、あなたは何様のつもりなんですか。あることないことを言い立てて。何か恨みでもあるんですか」

剣之助はおすみの前に立ち、

「私は多助が立て籠もったとき、捕物出役の中にいた見習い与力の青柳剣之助と申します。多助が自害したあと、おこうさんの家に入ったとき、いくつか不審を持ったのです。そのひとつが二階の押入れの天井裏に誰かが隠れていた可能性です。それが何を意味するか、そのことを調べていて」

「やめてください」

おすみは甲高い声を発した。

「あなたは、何がなんでも罪をでっち上げたいのですか。あなたの考えにふさわしい条件にいるのがおたまさんと砂吉さんだった。病気の母親を抱え、薬代で苦しんでいるおたまさんに同情する砂吉さんがあなたの描いた下手人にふさわしい。だから、真面目にこつこつと朝から晩まで働いている砂吉さんを強引に下手人に仕立てようとしているのですね。そうまでして、あなたは手柄を立てたいのですか」

「おすみさん、そいつは言い過ぎだ」

堪《たま》り兼ねて、文七が口をはさんだ。

「いえ、私だって疑われたままでは気がすみません」

おすみは昂奮していた。

「文七さん、いいんです」

剣之助はおすみの罵声に耐え、

「私は手柄を立てようとは思っていません。ただ、ほんとうのことを知りたいだけなのです」

「だから、私が言っていることがほんとうなんです」

「あなたは昔、善兵衛から金を借りていたそうですね。その金は返せたのですか」

おすみからすぐに返答はなかった。

「俺の言うことを聞けば借金はなしにしてやると言われ」

「やめてください」

おすみは叫んだ。

「あなたより前に、善兵衛にはおかみさんはいなかったのですか」

「そんなこと、関係ありません」

おすみは突っぱねた。

しかし、剣之助は無視して続けた。

「善兵衛は前のおかみさんを追い出し、あなたを後妻にした。違いますか」

「やめて……」

おすみは昂奮して、

「あなたは、私が強引に善兵衛のものにされたから、おたまさんに同情して、善兵衛と多助を……と言うのですか。そんな作り話は聞きたくありません。それに……」

「おすみさん」

ふいに剣之助はおすみの声を遮《さえぎ》った。

「わかりました。あなたの言葉を信じます」

「……？」

おすみは肩で息をしながら、口を喘《あえ》がせた。

「私の思い過ごしでした。どうぞ、お許しください。もう、これ以上、あなたにご迷惑をおかけするようなことはしません」

しばらく、おすみはぽかんとした顔をしていたが、昂奮が静まってくると、

「ほんとうに？」

と、怪訝《けげん》そうにきいた。

「ええ、ほんとうです。どうぞ、お帰りになってください」

「ほんとうなんですね」

おすみは目を見張ってきき返した。

「はい。それに、こんな勘違いをした大馬鹿野郎は私だけです。ですから、どうぞご安心ください」

急に態度が変わったことを、なおも訝っていたが、ようやくおすみは剣之助の顔つきに安心したようだ。

「わかってくだされぱいいのです。ご無礼なことを申し上げてすみませんでした。失礼します」

おすみは踵《きびす》を返した。

「剣之助さま」

文七が声をかけた。

「どうしてですか。ほんとうに、納得なさったんですか」

「ええ」

剣之助は深く吐息をもらし、

「おすみが私に食ってかかってきたとき、おすみの目に涙が光っていたんです。あの涙を見たとき、私はこれ以上、足を踏み入れてはいけないのだと思いました」

おすみは必死に何かを守ろうとしていた。それは、砂吉を下手人にしたくないということだけではない。おたまのことを考えてのことに違いないと思った。自分のために砂吉がだいそれたことをしたと知ったら、おたまは深く傷つくはずだ。

今回の善兵衛と多助殺しは、おたまの件が動機だということを隠さねばならなかった。だから、あのような企みがなされたのだ。

剣之助はそう思った。砂吉の罪を暴くことは、新たにおたまを不幸に追いやることになる。

「それより、一番大きな問題は、何の証拠もないことです。これ以上、追及していく権限は私にはありません。どうか、文七さんも今宵《こよい》限りで、この件を忘れてください」

「わかりました。剣之助さまが、そう仰るならあっしには何ら異存もございません」

文七も同じ気持ちだったのだろう。

「すっかり体が冷えてしまいましたね」

肌を刺す寒気に体を震わせた。

「文七さん、お願いがあるのですが」

「なんですか」

「文七さんがいつも行く一膳飯屋に連れて行ってくれませんか。そこで、少し温まって行きましょう」

「よござんすとも。汚いところですが、亭主の腕は間違いありません」

剣之助は文七ともう少し語らっていたい気分だった。

氷のような月の光が永代橋に向かうふたりの影を作っていた。

三

翌朝、出仕し、剣一郎は宇野清左衛門の元を訪れた。

「どうであったか」

清左衛門が待ちかねたようにきいた。

「だめでした。改めて、東條どののお屋敷に訪ねてみたのですが、東條どのは肝心なことを語ってくれませんでした」

一昨日、『伊予亭』で会い、さらにきのうは本所の屋敷を訪問したのだ。

「東條どのは、部屋を貸していた胴元はもう博打から引退をした。いまは堅気になっているから、言うことは出来ないということでした」

「嘘だな」

清左衛門はいまいましげに口許を歪めた。

「はい。ただ、胴元は喘息《ぜんそく》持ちだったから、どのみち引退せざるを得なかったのだという説明には頷けるものがありましたが」

「では、東條どのはほんとうのことを言っていると？」

「いえ、東條どのに企みがあったことは間違いありませぬ」

「企みとな？」

「はい。おそらく、私を利用して、胴元をゆすろうとしたのではないかと思えます。私と親しい間柄だと思わせ、ゆすりの効き目を上げようとしたのでしょう」

青痣与力と懇意の間柄だと示すことによって、ゆすりの効果を高めようとした。そういう意図があったに違いない。

「なんという狡猾《こうかつ》な男だ」

清左衛門が眦《まなじり》をつり上げて吐き捨てた。

「なれど、新兵衛がゆすりの相手の住まいを突き止めてくるものと思われます」

「さようか」

清左衛門は厳しい顔に怒りの色を見せて、

「一家離散に追い込まれる賭博は許してはおけぬ。ことに、いかさま賭博は断じて許してはならぬ。青柳どの、頼みましたぞ」

「はっ」

清左衛門がいかさま賭博についてはことに厳しい態度で臨むのは、昔から賭博にはまって家屋敷を失い、一家離散に追い込まれた者たちを数多く目にしてきたからだ。

清左衛門の思いを受けとめ、剣一郎は賭博の取締りに全力を傾ける覚悟でいるが、懐古堂殺しの件が膠着《こうちゃく》状態に陥るかもしれないことに懸念を持った。

清左衛門の元を辞し、与力部屋に戻る途中、剣之助とすれ違った。いつものように端に寄って黙礼をした。

剣一郎は軽く頷き、行きすぎたが、剣之助のゆうべの報告も腑《ふ》に落ちなかった。

ゆうべ、剣一郎が屋敷に帰ると、剣之助が部屋までやって来て、

「立て籠もりの件について、あれから文七さんの手を借り、いろいろ調べましたが、やはり私の思い過ごしだとわかりました。お騒がせして申し訳ございませんでした」

と、報告したのだ。

「思い残すことなく調べた結果なのか」

剣一郎は剣之助の目の奥を覗《のぞ》くようにして確かめた。

「はい」

剣之助は微《かす》かに目を動かした。

「ひょっとしたら下手人かもしれないと思われる人物を探り出したのではないか」

勘である。亡き兄に似て一途な性格の剣之助は納得いかない限り、途中で諦めるような人間ではないことはわかっている。少なくとも、疑わしい人物に行き着いたはずだ。

「はい。ですが、違いました。危うく、無辜《むこ》の人間を罪に陥《おとしい》れるところでした」

剣之助は今度は剣一郎の目を見つめ返して言った。

おやっと思うほど、剣之助の目には何かに挑むかのような厳しさが見られた。

「今度の件では、いろいろ勉強させていただきました。この思いを今後の与力人生に生かしたいと思います」

剣之助はそう語り、探索の内容について触れようとしなかった。

その表情には晴れやかなものはなかった。自分の思い違いだったことに落胆しているというより、何か悲しみを含んだ表情だった。

おそらく、剣之助はどうにもならない現実に直面したのではないか。そう思ったが、あえて追及しなかった。

　与力部屋に戻ると、すでに礒島源太郎と大信田新吾は町廻りに出かけたあとだった。


　その夜、夕餉をとり終えた頃を見計らったように、文七がやって来た。

　庭先に立った文七に、

「ごくろうだった。剣之助から聞いた」

　と、剣一郎は文七をねぎらった。

「文七から何か私に伝えるべきことはあるのか」

「申し訳ございません。あっしはこの件に関して、全面的に剣之助さまのお考えに従いたいと思います」

「そうか。わかった。もともと、剣之助の疑問からはじまったこと。その剣之助が自分で納得し、そのことに対して文七が同意しているのであれば、私が何も言う必要はない。ただ」

　と、剣一郎は続けた。

「真実を追求したうえでの判断であったかどうか。真実を知ることはときにはつらいものだ。それでも、知らねばならぬ。そのことだけは肝《きも》に銘《めい》じるように剣之助にもよく伝えておくように」

「はっ」

文七は珍しく身をすくめたように畏まった。

文七と入れ代わるようにして、隠密廻り同心の作田新兵衛がやって来た。遊び人のなりをしている。

「なにかわかったか」

「はい。東條廉太郎の相手は、横網町《よこあみちよう》にある足袋《たび》問屋『太田屋《おおたや》』の主人でした。きょうもう一度、『伊予亭』に行って仲居にこっそりきいたところ、やはり太田屋といっしょだったということです」

一昨日、『伊予亭』から出て来た商家の旦那ふうの男のあとを、新兵衛はつけた。男は両国橋《りようごくばし》を渡ったのだ。

それから、きのうきょうと『太田屋』について調べた。

「『太田屋』は本所界隈の武家屋敷に足袋を納めております。その関係で、東條廉太郎とつきあいがあるものと思えますが、どうもそれだけではないようです」

新兵衛は続けた。

「というのは、以前は太田屋も東條廉太郎の賭場に出入りをしていたようなんです。その頃からつきあいがあったのだろうと思われますが、いまひとつ腑に落ちないのが、太田屋は胴元でもなんでもありません」

「太田屋をゆする材料はないということか」

剣一郎もそのことに気づいた。

「ただ、仲居の話では、太田屋と東條廉太郎はお互いに何かぎくしゃくしていたそうです。楽しそうな酒の席ではなかったそうです。そのことを考えると、何か博打以外のことで、太田屋に要求を出していたのかもしれません」

「太田屋をもう少し調べたほうがいいかもしれぬな」

「はい。これからしばらく太田屋の動きを注視していこうと思います」

「うむ。頼んだ」

「はっ」

新兵衛は静かに引き上げて行った。

翌朝、剣一郎が朝餉をとり終えたと同時に、京之進の使いが駆け込んで来た。

剣一郎が濡縁に赴《おもむ》くと、

「青柳さま。薬研堀にて、東條さまの斬殺死体が発見された由《よし》」

と、注進した。

「なに、東條どのが？」

「はい。発見は今朝ですが、斬られたのは昨夜」

「わかった。すぐ行く」

使いの者はさっと引き上げた。

剣一郎は着流しに編笠をかぶり、八丁堀の屋敷から薬研堀に急いだ。

現場に駆けつけると、すでに京之進が来ていた。

「青柳さま。どうぞ」

京之進は筵をめくった。

初対面から、傲岸《ごうがん》な態度で接していた男がいまは冷たい骸《むくろ》になって土気色の顔を見せていた。肩から袈裟《けさ》懸《が》けに斬られている。

刀は半分鞘《さや》から飛び出していた。柄《つか》に手がかかっているのは、刀を抜きかけたのかもしれない。一太刀で絶命している。相手は相当な腕の持ち主だ。

武士同士の果たし合いとは思えない。

「死んでから半日近く経っているな」

死体の硬直や血の乾き具合から、剣一郎はそう判断した。昨夜の暗くなってからの比較的早い時間に斬られたのだろう。

「死体を発見したのは近くの料理屋の女中です。広小路《ひろこうじ》の朝市に野菜を買いに行こうとして偶然に見つけたそうです」

道から逸《そ》れている。夜ともなれば真っ暗で、歩いている人間の目には入らない。だから、今朝まで発見されなかったのだ。

「東條どのは『伊予亭』に向かうところだったのかもしれない」

「『伊予亭』ですか」

「じつは、私は三日前に、『伊予亭』で東條どのと会っている」

その経緯を説明してから、

「そのとき、東條どのは足袋問屋の太田屋と会っていたのだ」

と、剣一郎は付け加えた。

「太田屋と東條どのの間で何か問題があった可能性もある。私は太田屋に会って来る。京之進はゆうべの『伊予亭』の客を洗うんだ」

剣一郎は京之進に言った。

「畏まりました」

それにしても、なぜ、東條廉太郎は斬られなければならなかったのか。

朝市で賑わう広小路を横目に川沿いを両国橋に行き、剣一郎は橋を渡った。

横網町の『太田屋』はようやく店を開けたばかりのようだ。剣一郎は門口に立ち、土間にいる番頭と思われる男に声をかけた。

「主人はいるか」

編笠をとると、番頭は青痣に気づいたのか、すぐに奥に向かった。

しばらくして、太田屋がやって来た。恰幅《かっぷく》のよい男だ。

「これは青柳さま。どうぞ、こちらへお出《い》で願えますでしょうか」

太田屋は奥へ招じた。

「すぐ済む話だが、では」

そう言い、剣一郎は太田屋のあとに従った。

帳場の奥にある客間に通された。

炉が切ってあり、炭が赤々と燃えていて、部屋の中はほんのりとした暖かさに包まれていた。

差し向かいになってから、

「東條廉太郎どのが殺された」

と、剣一郎は切り出した。

「えっ」

太田屋は顔色を変え、短く叫んだ。ほんとうに知らなかったのか、芝居なのか。

「薬研堀の『伊予亭』に向かうところを襲われたようだ。そなたは、三日前の夜、『伊予亭』にて東條どのと会っていたはず。何か、心当たりはあるか」

「いえ、私は何も……」

太田屋はうろたえたようになった。

「東條どのとはどのような用件で会ったのだ？」

「別に用件はございません。あの方は、ときたまお酒を馳走《ちそう》しろと言って来ました」

「ほう、それはなぜだ？」

「東條さまのおかげで、幾つかのお屋敷に出入り出来るようになりました。その御礼の意味もございます」

「東條どのの屋敷で、賭場が開かれていたそうだな」

「いえ、それは……」

「隠すことはない。東條どのはそう申されていた」

太田屋は俯《うつむ》いた。

「そなたも、客だったのだな」

「いえ」

「隠しても無駄だ。三日前、東條どのは私を『伊予亭』に呼び出した。そのとき、そなたは『伊予亭』で東條どのといっしょにいた。相違ないな」

「はい」

太田屋は追い詰められたように認めた。

「なぜ、東條どのはそなたと会っているのを中座して、私に会ったのだ?」

「わかりかねます。あのお方はときたま奇矯《ききょう》な態度をとりますゆえ」

「太田屋。東條どのは胴元の名を教えるといって私を呼び出した。だが、その名は言えぬと言い出した。東條どのは、そなたに何かを要求したのではないか」

「いえ、なにも」

「そのとき、東條どのはこう申しておった。胴元が屋敷から去ったおかげで寺銭が入らず、困っていると。そなたは、東條どのの屋敷で、賭場が開かれていたのを知っていたのであろう」

「はい。薄々は……」

「賭場に出入りしたことはないと申すのだな」

「はい」

「太田屋。東條どのはそなたに威《おど》しをかけていたのではないのか」

「とんでもない。そのようなことはございません」

太田屋の声が掠《かす》れた。額にもうっすらと汗をかいている。だが、案外と、太田屋はしぶとかった。

「さきほども申しましたが、東條さまはとかく奇矯なふるまいの多い御方。大ぼらを吹いては、私を驚かす癖《くせ》がございました。ですから、私はいつも聞き流すようにしておりました」

「もう一度、訊ねる。東條どのを殺した者に心当たりはないのか」

「ありませぬ」

太田屋は踏ん張るように答えた。

なんの証拠もないことなので、これ以上は深く追及出来なかった。

「あいわかった。邪魔した」

剣一郎が座を立つと、太田屋はほっとしたような表情を見せた。

冷たい川風を受けて、両国橋を渡る。

剣一郎は、いま会って来たばかりの太田屋が正直に話していないことに不審を抱いたが、太田屋は根っからの悪党とは思えない。

誰かをかばっている可能性がある。太田屋は東條廉太郎を殺した人間を知っているか、疑いを抱いている人間がいるのではないか。

橋を渡り、薬研堀に戻った。

東條廉太郎の亡骸《なきがら》はすでに屋敷に運ばれたあとだった。岡っ引きが、周辺に聞き込みをかけている。

『伊予亭』のほうから京之進がやって来るのがわかった。剣一郎に気づくと、京之進が近寄って来た。

「どうであったか」

「はい。ゆうべの客を聞き出して参りました。蔵前《くらまえ》の札差《ふださし》仲間が五人、古着屋の集まり、それから施工主の旦那と大工の棟梁《とうりよう》。それに、お武家さまがおひとりで」

「武家?」

「はい。旗本の勝山谷右衛門《かつやまたにえもん》さまでございます」

「勝山谷右衛門どのか」

「勝山さまは『伊予亭』にはよくお越しになられるようです」

勝山谷右衛門のことなら、宇野清左衛門にきけばわかるだろう。なにしろ、武鑑をすべて諳《そら》んじていて、生き字引のような御方だ。

しかし、小普請組の東條廉太郎が旗本の勝山谷右衛門とつながりがあるとは思えない。あるいは、勝山谷右衛門の家来と東條廉太郎が喧嘩沙汰《けんかざた》になったか。

その場合は、東條廉太郎殺害の背後になんの企みもないことになる。しかし、東條廉太郎が剣一郎を呼び出した件と無関係とは思えない。

東條廉太郎の存在が危険だと思った人間が抹殺を企てたのではないか。そう思えてならない。

東條廉太郎を誘き出した人間は何も『伊予亭』にいる必要はない。東條を誘き出すことが目的であれば、『伊予亭』に上がる必要はないのだ。

四

その日、剣之助は朝から当番所に勤務した。当番与力村本繁太郎について仕事を覚えるのである。

だが、ふと剣之助の心が他に飛んだ。あれから浮かない日々を送っている。

おすみの涙を見たとき、深入りしてはいけないのだと己《おのれ》を押さえつけようとする力が働いた。それは、砂吉を下手人と見ていたからだ。砂吉を追い込むことは、おたまを不幸のどん底に突き落とすことになる。そのことを恐れたのだ。だから、もう探索はやめると文七にも宣言した。それなのに、心の屈託が消えない。こんなはずではなかった。

おたまを不幸に追いやらずに済んだという満足感はない。

「剣之助。どうしたんだ？」

村本繁太郎の声で、剣之助は我に返った。

「申しわけございません」

剣之助はあわてて書類に手を差し出した。

訴願を受け取った物書同心から書類が村本繁太郎に渡ったのだ。その訴願の内容を確かめ、剣之助にまわしてきたのだ。

金銭の貸し借りの訴願だった。

浅草田原町《あさくさたわらまち》に住む男が知人に三両を貸したが、返してくれないというものだった。知人のほうはもらったものだと主張。そこで、男は自分の住む長屋の家主に訴え、知人のほうの家主に話を持って行ったが埒《らち》が明かず、町名主のところで裁きを受けたが、まとまらなかった。

それで、改めて奉行所に訴え出たのである。揉《も》め事は町名主のところで調べてもらい、解決できないものが町奉行所に持ち込まれる。

剣之助は内容を吟味《ぎんみ》したが、まっとうな訴状であると判断した。その旨《むね》を村本繁太郎に訴えた。

よしと、繁太郎は頷いた。繁太郎は剣之助を実践の場で教え込んでいるのだ。その中には一方的な訴えもある。その場合には訴状を受理しない。その判断を、当番与力が行なう。

「訴願の儀、確かに受領いたしました。いずれ、呼出しがあろう」

繁太郎が訴人に告げた。

いずれお白洲《しらす》での裁きとなる。そのときは訴訟の当事者はお互いの家主と同道しなければならない。

午後になって、剣之助は当番所の勤務を坂本時次郎と代わった。

訴願の対応に追われていたが、ひと息つくと、たちまち屈託が胸に広がった。

勝手に砂吉の犯行と決めつけ、おすみの涙に胸を衝《つ》かれ、追及を諦めた。そのことがいまになって、心を苦しめている。

ふと、北風が吹き荒れ、突如沸き立った黒い波が牙のように襲いかかってくる錯覚に襲われた。波はすべてのものを呑み込んでしまう。

またしても、剣之助の胸は波立った。

ほんとうにこのままでよいのか。自分ひとりが目をつぶればすべて丸く収まる。そう思っていたが、ほんとうにそれで解決したといえるのか。

いずれ、砂吉はおたまと所帯を持つだろう。ひと殺しの事実を隠して砂吉はおたまと夫婦になる。だが、砂吉は平穏な暮らしが出来るのか。良心の呵責《かしやく》にせめさいなまれて、夜中に悪夢にうなされることもあるのではないか。

このまま、見逃すことがおたまにとっても仕合わせな道だと言えるのだろうか。それより、もっと重要なことがある。

果たして、ほんとうに砂吉が下手人だったのか。砂吉には、おたまを守りたいという十分な動機があるが、おすみとおこうとの強い結び付きがどうして生じたのかがわからない。

退出時間になり、剣之助は奉行所を退出した。

邸に戻り、夕餉をとり終えてから、

「ちょっと出かけて来る」

と、剣之助は志乃に言った。

「この二、三日、顔色がすぐれませぬ。いかがなされましたか」

志乃が心配そうにきいた。

「うむ。気がかりなことがあってな。そのことで、文七さんのところに行って来る」

「どうぞ、ご無理をなさらないで」

「わかった」

志乃に見送られて、剣之助は母屋に行かずに庭から門に向かった。父と母が濡縁にいる姿が見えた。

事件のことで、父は何も言わない。剣之助のことを信じてくれているからだろう。

剣之助は亀島川を渡り、霊岸島町にやって来た。

文七の長屋に行ったが、文七は留守だった。いつもの一膳飯屋に行っているのかもしれないと、剣之助は勝手に土間に入って待った。

隙間風が耐えがたいほどに寒く、心までが凍えてしまいそうだった。

中は真っ暗だが、天窓から月明かりが射して、ぼんやりと室内が望める。小さな仏壇に目が行った。

位牌は母親のものだという。父親はどうしたのだろうか。

文七の親はどういうひとだったのか。なぜ、文七は父のために、そして剣之助のために も骨身も惜しまずに働いているのだろうか。

路地に足音がし、戸口で止まった。

剣之助が振り返った。戸が開いて、文七が顔を見せた。

「剣之助さま」

文七は目を見張った。

「すみません。勝手に入り込んで」

「ずいぶんお待ちで。上がっていてくださってよかったんです。寒かったでしょうに」

文七は剣之助の脇をすり抜け、部屋に上がると、火鉢を覗き込んだ。

火箸で灰の中からおき火を出し、新たに炭をくべ、息を吹きかけた。

「さあ、どうぞ」

火がおきてから、文七は当たるように勧めた。

「すみません」

剣之助は部屋に上がった。

火鉢に手をあぶりながら、剣之助は呻《うめ》くように口を開いた。

「文七さん。私はわからなくなっているんです」

「わからないって、なにをですか」

「砂吉の追及を諦めたことが、正しかったのかどうか。そのことが、ほんとうに砂吉とおたまのためになったのか……」

剣之助は心の底から絞り出すようにして言った。

すぐに文七からの返事はなかった。

酒の燗をつけ終えて、文七が湯呑みに酒を注いだ。

「剣之助さま」

湯呑みを剣之助に渡してから、文七が言った。

「じつはあっしもそうなんです。ことに、青柳さまから言われてから」

「父が？」

剣之助は驚いてきき返した。

「はい。じつは、結果を報告したとき、青柳さまはこう仰いました。もともと、剣之助の疑問からはじまったこと。その剣之助が自分で納得し、そのことに対して文七が同意しているのであれば、私が何も言う必要はない。ただ、真実を追求したうえでの判断であったかどうか。真実を知ることはときにはつらいものだ。それでも、知らねばならぬ。そのことだけは肝に銘じるように剣之助にもよく伝えておくように、と」

「真実を知ることはときにはつらいものだ。それでも、知らねばならぬ、ですか」

剣之助は脳天を殴られたようになった。

自分は真実を知る怖さから逃げたのではなかったのか。

俯き、黙りこくっていると、文七が言った。

「すみません。あっしはこのことをもっと早く剣之助さまにお伝えしなければいけなかったのでしょうが」

文七は小さくなって言う。

「父の言うとおりだと思います。私は砂吉やおたまを追い詰めることになるのが怖かった。でも、いまになって、ほんとうに砂吉が下手人だったか、疑問を覚えるようになったのです」

「…………」

文七は無言で剣之助の顔を見返した。

「確かに動機は一番強いかもしれません。でも、あの凶行には、おすみとおこうの協力がなければ不可能です。砂吉とそこまで深いつながりがあったのでしょうか」

「では、砂吉が下手人ではないと？」

文七が真剣な表情できいた。

「わかりません。でも、動機はおたまの苦境を救うためだったことは、おすみの反応でも明らかだと思うのです。砂吉以外に、おたまのために命をかけようという男がいたのではないでしょうか」

「そうですね」

文七は考え込んだ。

「文七さん。もう一度、調べてみませんか。やはり、父の言うように、真実を探りださなければ、後悔するだけだと思います」

「ええ、あっしも胸にわだかまっておりました。やりましょう。今度こそ、真実を」

文七は目を輝かせた。

「ありがとう、文七さん」

剣之助は頭を下げた。

「よしてください」

文七はあわてて言ってから、

「おすみかおこうを張っていれば、必ずもうひとりの男の影がちらつくはずです。男が訪ねて来るか、あるいは逆に訪ねて行くか」

「ええ。私はおたま母娘のことをもう少し詳しく大家に聞いてみます。もしかしたら、あの母娘にはほかに肉親がいるかもしれません」

父親、あるいはおたまの兄弟がいるのではないか。剣之助はそう思ったのだ。

「そうです。おたまには兄弟がいたのかもしれません」

文七は頷きながら言った。

「剣之助さま。すっかり、お酒が冷えてしまいましたね」

「ええ」

剣之助は湯呑みを摑んで口に運んだ。喉《のど》を通り、冷たいものが胃の中に流れ込んだ。

ふと、またも位牌に目が行った。

「立ち入ったことをおききするようですが、文七さんにはご兄弟は?」

「いえ」

一瞬、目を細めてから呟《つぶや》くように言った。

「お父上はご健在なのですか」

「あっしは母ひとり子ひとりで育ちました」

文七は伏目がちになって答えた。あまり、話したがらないようなので、剣之助はそれ以上の質問を遠慮した。

「でも、不思議です」

ふと、剣之助は口にした。

「何がですかえ」

「ここで、文七さんといっしょにいると、なんだかとても落ち着くのです」

「もったいないお言葉で」

文七は頭を下げた。

剣之助は文七のことをもっと知りたいと思った。と同時に、このような暮らしに、文七は満足しているのだろうかと疑問に思った。

五

翌朝、出仕した剣一郎は宇野清左衛門に呼ばれた。

「宇野さま。お呼びにございますか」

剣一郎は年番方の部屋に行き、机に向かっている清左衛門に声をかけた。

筆を置き、清左衛門が振り返った。

「うむ。頼まれていた勝山谷右衛門どののこと、ある程度わかった」

きのう、清左衛門に訊ねたところ、勝山谷右衛門は禄高五百石の西丸御小納戸頭《にしのまるおこなんど》取で四十一歳だと聞かされた。西丸御小納戸というのは将軍の世嗣《せいし》の身の回りのものを用意する役職である。

屋敷は小川町《おがわまち》にある。人物的にはいろいろ問題が多いという。屋敷にはいかがわしい男たちが出入りをし、中間《ちゆうげん》部屋では賭場が開かれていたという話もあったと、清左衛門は語った。

「賭場の噂ですか」

「そうだ。もっとも、それは五年ほど前のことで、その後は賭場の噂はないそうだ。ただ、いまもときたま遊び人ふうの男が中間部屋に出入りしているらしい」

「東條廉太郎どのとのつながりはいかがでしょうか」

「それはないそうだ。役務的にも関係ない」

「そうでございましたか」

共通するのは博打の件だけだ。

勝山谷右衛門はときたま『伊予亭』に上がっているというから、東條廉太郎の件とは関係ないのかもしれない。

そう思いながらも、何か気になる。

『懐古堂』の主人殺しの手掛かりも摑めぬまま、さらに東條廉太郎殺しも早くも行き詰まった感があった。

それに、政次という男のこともはっきりしない。また、剣之助が疑問を抱いた金貸し善兵衛と多助の件も気になる。

まったく、暗中模索の状況だ。

剣一郎は奉行所を出た。いま、京之進は『懐古堂』の主人殺しと東條廉太郎殺しの件とを抱えている。

八丁堀の屋敷に戻り、着替えてから、すぐに出かけた。

剣一郎が薬研堀にやって来たとき、岡っ引きを連れた京之進と出合った。

「青柳さま」

京之進が近づいて来た。

「何かわかったか」

「はい。東條廉太郎の屋敷の若党だった男から話を聞いて来ました。臨時雇いの奉公人です。その者が申すには、やはり、東條は何者かにゆすりをかけていたそうにございます」

「相手はわからぬのだな」

「はい。ただ、太田屋が取っかかりだと話していたそうです」

「やはりな。で、殺された日、誰に呼び出されたか知らなかったのか」

「はい。ただ、『伊予亭』に行くと言い残したそうです」

京之進は答えてから、

「やはり、太田屋が鍵《かぎ》を握っていると思われます。そこで、作田さまが太田屋を張ってくださっております」

「うむ、ごくろう。宇野さまから、勝山谷右衛門どのについて聞いて来た」

そう言い、清左衛門から聞いたことを京之進に伝えた。

「そういうわけで、両者の共通点といえば、賭博だが、勝山谷右衛門どののほうは五年前までで、いまはやっていないようだ」

「すると、つながりがないことになりますね」

「うむ。ただ、私はなんとなくひっかかるんだが。ともかく、問題は太田屋だ。ひょっとしたら、太田屋と勝山谷右衛門どのにつながりがあるやもしれぬ。そのあたりも注意をしてくれ」

「はっ」

「懐古堂の件はどうだ？」

「申し訳ございません。どうも、怪しい人間が浮かびませぬ。やはり、物取りで、たまたま懐古堂が金を持っていたということかもしれませぬ」

「もうひとつ、政次はどうだ？」

手下に見張らせているのだ。

「特に変わった動きはありませぬ。ただ、一度、深川の海福寺《かいふくじ》の墓地に行ったってことです」

「深川の海福寺？」

「はい。墓参りのようだと」

「そうか」

「では」

京之進は離れて行った。

剣一郎は改めて東條廉太郎が殺された場所に立った。やはり廉太郎は『伊予亭』に向かうところだったに違いない。

大川の入り口にかかる柳橋《やなぎばし》に近づいたとき、何者かが廉太郎に声をかけ、ここまで誘き出したのだろう。

そこで待っていた侍が一刀のもとに廉太郎を斬り捨てたのだ。

廉太郎が誘いに乗る相手はゆすりの相手ではないか。だから、廉太郎はのこのこ出かけて行ったのだ。

その鍵は太田屋が握っている。

身を切られるような冷たい風を受けながら、剣一郎は両国橋を渡った。

横網町へ足を向け、足袋問屋『太田屋』の前を通る。そのまま、川っぷちに出た。

すると、薬を入れた箱を肩から吊るし、鼠《ねずみ》取りの薬と書かれた幟《のぼり》を持った笠をかぶった男が近づいて来た。

「青柳さま」

隠密廻り同心の作田新兵衛が変装していたのだ。

「ごくろう」

「太田屋にまだ動きはありません。だいぶ、用心深くなっているようです」

「そうか。さっき京之進から話を聞いたが、やはり太田屋が何らかの形で絡んでいるのは間違いない。引き続き、探索を頼む」

「はっ」

新兵衛は去って行った。

剣一郎は両国橋を戻った。そして、再び薬研堀を通り、浜町堀を越えた。途中、富沢町を通ってみた。

剣之助が捕物出役で出張ったおこうの家を一度訪ねたことがある。剣一郎は、おこうの家の前を通った。

静かな佇《たたず》まいだ。騒ぎが嘘のようだ。

次に金貸し善兵衛の店の前を通った。そこは、雨戸で閉ざされていた。いまは住むひとがいないのだろう。文七の話では、善兵衛のかみさんは知り合いの家に厄介になっているということだ。

結局、剣之助の思い違いだったと報告があったが、どこまで調べた末の結論だったか。剣一郎は、剣之助の勘を信じたい気持ちが強い。志乃の話では、剣之助は再び動きはじめたという。

文七を介しての忠告が効いたのか、それとも自分なりに考えたのか。

小舟町にやって来た。ここの市兵衛店に、政次が住んでいる。

剣一郎は長屋木戸に入り、政次の住まいの前に立った。戸を開けて呼びかけたが、留守のようだった。

剣一郎は路地を出て、その辺りで待った。

夕暮れて、政次が帰って来た。剣一郎は長屋木戸を入ろうとするところで、声をかけた。政次はびくっとしたように立ち止まった。

「青柳さまで」

編笠をとって近づくと、政次は腰を折った。

「懐古堂の件は疑いが晴れたのだ。心配はいらぬ」

剣一郎は静かに声をかけた。

「へい、どうも」

「少し、いいか」

「へい」

剣一郎は伊勢町堀に向かった。

堀沿いに商人の蔵が並んでいる。剣一郎は中の橋の近くのひと気のない辺りで足を停めた。

「そなたは、以前は江戸にいたのではないか」

「いえ」

「隠しても無駄だ。そなたは、ぽっと出の人間ではない。江戸の道に迷いはなかった」

「恐れ入ります。じつはそのとおりでございます」

「いつごろだ、江戸を離れたのは？」

「へえ。ずっと以前ですが……」

政次は年月を曖昧《あいまい》にした。

「なぜ、江戸を離れたのだ？」

「じつは、ちょっとしたことでやくざと喧嘩になり、相手を半殺しの目に遭わせてしまいやした。仲間の仕返しが怖くて逃げ出したんです」

政次の険しい顔を見て、ほんとうのことかもしれないと思った。

「で、今度帰って来たのはどういうわけだ？　親に会いにか」

「へい」

「親はどうした？」

「死んでおりました」

「そうか。それはつらいことだな」

「自業自得ってやつです」

政次は自嘲《じちょう》ぎみに言った。

「墓はわかるのか」

「へえ」

「どこだ？」

「へえ、深川です」

海福寺かという言葉を呑んで、

「ところで、そなたはこれから江戸で暮らすつもりなのか」

「いえ。そのうち、離れようと思います。江戸にもう身寄りもおりませぬから」

「政次。正直に答えてくれ」

「なんでございましょうか」

「『備前屋』のことだ」

政次の眉がぴくりと動いた。

「『備前屋』に何があるのだ？」

「何もありませぬ」

「たまたま、『備前屋』の前で休んでいただけだというのだな」

「そのとおりで」

政次はとたんに口が重くなった。『備前屋』に激しく反応している。『備前屋』のことで、何か隠しているのだ。

「わかった。もし、何か困ったことがあれば相談に乗ろう。そのときは、自身番に行って、青痣与力に会いたいと言うのだ。よいな」

「へい、ありがとうございます」

剣一郎は政次と別れた。

政次と『備前屋』は何かあるのだ。まさか、『備前屋』の身内だったのでは……。

剣一郎は日本橋の大通りに出て、須田町に向かった。

辺りはだいぶ暗くなって来た。陽が落ち、一段と寒さが厳しくなった。

須田町の自身番に寄った。

編笠をとって、玉砂利を踏みしめて自身番に入ると、家主が、

「これは青柳さま」

と、声をかけた。

「その『備前屋』のことで訊ねたい」

剣一郎はさっそく切り出した。

「どんなことでございましょうか」

家主が顔を向けた。

「まず、いまの『備前屋』の家族の内訳を教えてもらいたい」

「家族ですか」

家主が一瞬不思議そうな顔をしたが、すぐに真顔になり、

「まず、主人の惣兵衛、内儀《ないぎ》のお孝《たか》、それに、ひとり息子の惣太郎《そうたろう》の三人でございます。あとは奉公人で……」

「待て。家族は三人だけなのか」

「はい。さようでございます」

「そうか。たとえば、以前に失踪した者がいるということはないのか」

「それはございません。家族は三人だけですから」

家主がはっきり言ったあとで、

「先代の家族はどうだ?」

剣一郎が知りたかったのは、この件だった。

『備前屋』は七年前まで商売がうまくいかず、傾きかけていたのを養子になったいまの主人の惣兵衛が店を持ち直したということだった。

「はい。先代には豊太郎《とよたろう》という跡継ぎがおりましたが、これがとんだ道楽息子で、博打で大負けして、莫大な借金をこしらえた上に、女のことで問題を起こして勘当されました。それから、大旦那はめっきり衰《おとろ》え、商売も傾いていったそうです。そこで、

惣兵衛さんが養子に入って店を立て直したのでございます」

「惣兵衛は紙の仲買人をやっていたそうだな」

「はい。先代の豊右衛門《とよえもん》に気に入られて、たっての頼みで養子に入ったと聞いております」

「惣兵衛はそんなに遣り手《やて》だったのか」

「はい。ただ、惣兵衛さんは先代が亡くなると、先代からの奉公人を全部やめさせ、新たにひとを雇っています」

「なんと大胆な。で、先代の家族は？」

「先代が亡くなったあと、お内儀さんと娘はまとまったお金をもらって家を出て行ったそうです」

「内儀と娘はどこに住んでいるか知らないか」

「巣鴨《すがも》にお内儀さんの実家があるそうです。そこで、静かに暮らしていると、だいぶ前に惣兵衛さんから聞いたことがございます」

「巣鴨のどこかわかるか」

「確か、庚申塚《こうしんづか》の近くだと聞いたことがありますが、詳しいことはわかりかねます」

「内儀の名は？」

「お房《ふさ》さんです」

「ところで、勘当された豊太郎がその後、どうしたか知らないか」

「はい。江戸を離れたようです。その後、まったく消息はわかりません」

「いま幾つぐらいか」

「そうでございますね。あの頃が十八、九。そう、二十八歳ぐらいではないでしょうか」

家主は頭の中で数えるようにして言った。

「二十八……」

剣一郎の脳裏を、政次の顔が掠《かす》めた。

「先代の豊右衛門の墓はどこか知っているか」

「はい。深川の海福寺でございます」

「海福寺か」

政次は海福寺に行っているのだ。

「豊右衛門はどんなひとだったのだな」

「それは粋《いき》な御方でございました。遊び方もきれいで、神田祭《かんだまつり》など、町内の催しにもかなり寄付してくださり、また、火事などで親を亡くした孤児たちのためにも、いろいろ寄進されていたようです」

「いまの惣兵衛の評判はどうなのだ？」

「さあ、どうでしょうか」

家主は曖昧に言葉を濁した。

「いろいろ参考になった」

剣一郎は礼を言って、自身番をあとにした。


翌日、朝から小雪が舞っていたが、やがて止んだ。青空が広がっているが、底冷えがする。

剣一郎は一路、巣鴨村に向かって、本郷通りを歩いていた。加賀前田家《かがまえだけ》前の追分《おいわけ》で中山道《なかせんどう》と日光御成街道《にっこうおなりかいどう》とに分かれる。

剣一郎は中山道のほうに歩を進めた。北風が冷たく、肌を刺す。しかし、八丁堀からここまで歩きづめで、汗をかいていた。かえって冷たい風が気持ちよいくらいだった。

やがて、巣鴨村に差しかかる。子育稲荷《こそだていなり》へ向かう道を過ぎ、巣鴨の追分をさらにまっすぐ向かう。

武家屋敷地を抜けると、畑が開けた。巣鴨村だ。剣一郎は板橋宿《いたばしじゆく》の手前、王子権現《おうじごんげん》へと向かう道に折れた。

庚申塚近くの百姓家に足を向けた。畑にひとの姿はない。

茅葺《かやぶ》きの寄せ棟屋根の百姓家の戸口に立ち、剣一郎は薄暗い土間に呼びかけた。

「お頼み申す」

土間で藁《わら》を打っていた男が手を休めたが、出て来たのは小肥《こぶと》りの女だった。

不審そうな顔で、

「なんでございましょうか」

と、女はきいた。この家の女房だろう。

「つかぬことをきくが、この近辺に、神田須田町の『備前屋』の内儀だったお房という女の実家があると聞いたのだが……」

「『備前屋』の内儀さんですか。いえ、聞いたことはありませんが」

「お房という名も聞いたことはないか」

「はい」

そう言い、女は藁を打っていた男に顔を向けた。

その男が後ろに向かって声をかけた。すると、年寄りが出て来た。

「この村のことなら、なんでも知っておりますが、町家に嫁いだ者はおりません。ただ、『備前屋』に女中奉公をしていた娘はおりました」

「女中奉公？」

「はい。この先の善作《ぜんさく》という男の娘が一時、『備前屋』に奉公をしておりました。もう、七年ほど前のことです」

「その娘はいまは？」

「はい。駒込《こまごめ》のほうに嫁いでいます」

「そうか。その善作の家はどこだ？」

「ご案内申し上げます」

女房が申し出た。

案内されたのは防風林に囲まれた百姓家だった。出て来た善作は『備前屋』の内儀のことは知らなかった。

娘の嫁ぎ先を聞き、剣一郎は駒込に向かった。

六

その日の夕方、剣之助は奉行所から帰ると、すぐに屋敷を出て、佐賀町にやって来た。おすみが居候《いそうろう》している家の近くを通ったが、文七の姿は見当たらなかった。おすみが出かけ、あとをつけているのかもしれないと思った。

剣之助は大川の辺《ほとり》に出て、時間を潰した。川は波が高く、岸に打ち寄せる波音が高かった。

きのう、おたまのことを訊ねたところ、大家はこう答えた。

「本人たちは昔のことは語りたがりませんが、以前はきっといい暮らしをなすっていたのではないかと推察しています。でも、そんな昔のことにしがみつくようなところはなく、ほんとうに健気な母娘です」

三年前から、今の長屋に住んでいるという。おたまが門前仲町の料理屋で働きだし、その料理屋の女将がふたりの請人になっていた。

その料理屋の女将なら、おたまのことがわかるかもしれないと思ったが、おたまに気づかれてしまう。

剣之助は、おたまの長屋に来ていた。当てもなく路地に入る。紙屑《かみくず》買いの男がおたまの家の前にいた。

剣之助に気づくと、あわててその場から離れ、長屋の裏手にまわった。

剣之助はおたまの家の前で立ち止まった。まだ、おたまや砂吉が帰って来るには間がある。

思い切って母親に会ってみようか。まだ、決心がつきかねていた。

長屋は静かだった。もうしばらくしたら、長屋の女房たちも晩御飯の仕度をし、そして亭主たちが帰って来る時間になる。

昼間は長屋の女房たちがときたま様子を見に行っているらしいが、いまは誰もいない。剣之助は迷ったが、思い切って腰高障子に手をかけた。

戸を開け、中に声をかけようとしたとき、荒い呼吸を聞いた。

剣之助は目をこらした。薄暗い部屋に女がふとんの上に起き上がって苦しんでいた。

剣之助はあわてて駆け込んだ。

「どうしましたか」

女は肩で大きく呼吸をしている。

剣之助は外に出て、

「誰かおらぬか」

と、大声で叫んだ。

すぐに長屋の女房が飛び出してきた。

「医者を」

そのとき、紙屑買いの男が女房に叫んだ。

「医者はどこですか」

「自身番の手前です」

「わかりました」

紙屑買いの男が医者を呼びに行った。

剣之助と女房は家に入った。

「お房さん。しっかり」

女房がお房という女の背中をさすった。

どうしてよいかわからず、剣之助はまごついている。枕元に薬があった。それを飲ませてよいのか。

医者がやって来た。

剣之助は外に出た。落ち着かず、何度も家の中を覗く。さっきの女房が出て来た。

「どうですか」

剣之助はきいた。

「もう、だいじょうぶです。処置が早かったので、大事にいたらなかったそうです」

「よかった」

剣之助は大きく吐息をもらした。

そこに、木戸口におたまが現れた。異変を察して、駆けて来た。

「おばさん。おっかさんにまさか」

おたまが女房にきいた。

「おたまちゃん。もう心配ないわ。いま、先生が治療してくだすったから」

「そうですか」

おたまは落ち着きを取り戻してから、

「おっかさん」

と、自分の家に駆け込んだ。

剣之助が中を覗くと、お房は静かに横たわっていた。呼吸も落ち着いていた。

「お侍さまのおかげでございます」

女房が改めて剣之助に礼を言った。

「いえ。たまたま。それより、紙屑買いの……」

気がつくと、紙屑買いの男の姿が見えなかった。路地の奥を探したが、いない。

女房にきいたのか、おたまが家の前に出て来た。

「お侍さまがいてくださらなかったら、おっかさんは危なかったそうです。ありがとうございました」

「いえ。でも、よかった」

剣之助は顔を綻ばせたが、自分の立場の説明に困った。

「はい。ほんとうに助かりました」

おたまはそう言ってから、

「母に何か御用だったのでしょうか」

と、切れ長の目を向けた。

「は、はい。じつは……」

返事に苦慮しているとき、ちょうど助け船のように、医者が出て来た。

「先生、ありがとうございました」

おたまが頭を下げる。

「しばらくは、ひとりにするのはいけない。手遅れにならぬとも限らぬのでな」

「はい。わかりました」

「何かあったら呼びにきなさい。それにしても、なんと強引な男だったことよ」

「えっ？」

「いや。わしを呼びに来た男だ」

医者は苦笑した。

「ではな」

医者は木戸口に向かった。

ちょうど、そこに砂吉が帰って来て、医者とすれ違った。

砂吉が顔色を変えて走って来た。

「おたまちゃん。何かあったのか。おっかさんは？」

砂吉の声は震《ふる》えた。

「安心して。発作を起こしたけど、こちらのお侍さまのおかげで助かったのよ」

おたまが笑みを湛《たた》えて言う。

「それはどうも」

砂吉はあわてて畏まって剣之助に顔を向けた。

「お世話になりました。このとおりでございます」

砂吉は深々と頭を下げた。

「いえ、どうぞ、お母上のところに行ってあげてください。私は改めて参りますので。さあ、どうぞ」

ふたりを家の中に送り込み、剣之助は木戸口に向かった。

通りに出たところで、剣之助は左右を見回した。紙屑買いの男を探したのだ。しかし、どこにも姿は見えなかった。

あの男は確かに、おたまの家の中の様子を窺《うかが》っていた。それに、医者を呼びに行ったときの真剣な顔つき。

ひょっとして、母娘とつながりがある男なのではないか。

翌日の夕方、剣之助が奉行所から帰ると、母が客が待っていると言った。

「客間に通してあります」

母の多恵のところには、町の人びとがよく訪ねて来る。ちょっとした相談事を母に持って来るのだ。それに対して、多恵はいつもてきぱきと応対し、忠告をしてやっている。そんなことから、客間にはいろいろな人間がやって来る。

だが、剣之助を訪ねて来たのははじめてだった。

いったん離れに行き、志乃に刀を渡し、着替えてから、客間に行った。

襖《ふすま》を開けて、剣之助はあっと思った。

「突然、押しかけて申し訳ございません」

おたまだった。砂吉もいっしょである。

「どうしてここが？」

剣之助はふたりの前に腰を下ろした。

「はい。大家さんからお伺いいたしました」

「そうですか」

「母が、ぜひ御礼を申し上げたいといってきかないのです。それで、ご無礼かと思いましたが、お訪ねしてしまいました」

「お母上はもう口をきくことも出来るのですか」

「はい。おかげさまで顔色もよくなりました」

「よかったですね」

剣之助は心から安心した。

「あの……」

おたまが恐る恐る切り出した。

「何か、母に御用だったのでしょうか」

「ええ」

母娘のことを訊ねたことは大家から聞いているだろうから、とぼけても無駄だと悟った。

剣之助はとっさにあることを考えた。

それは、紙屑買いの男のことが頭にあったせいかもしれない。

「いつぞや、知り合いのお年寄りが町で困っているとき、通り掛かった娘さんに親切にしていただいたことがあったそうです。その娘さんに御礼が言いたいので探していただけないかと頼まれたのです。佐賀町に母親とふたりで住んでいるということでした。それで、探していたのです」

「そうでございましたか。いえ、それは私ではありませぬ」

「そうですか。つかぬことを伺いますが、あなたにはお兄さまがいらっしゃいますか」

剣之助はさりげなくきいた。

「兄ですか」

おたまの表情が曇った。

「兄はひとりおりました。でも、十年前に、家を出て、それきりでございます」

「それきり？」

「はい。いつも、母は兄を気にかけております」

「どうして、お兄さまは家を？」

うっと嗚咽《おえつ》のようなものをもらし、おたまはあわてて口を押さえた。

「失礼。よけいなことをきいてしまいました」

剣之助はあわてて謝った。

「おたまちゃん。だいじょうぶか」

砂吉が心配して声をかけた。

「ええ、だいじょうぶです」

おたまは改めて、剣之助に顔を向け、

「兄は博打に狂ってしまい、大負けして、莫大な借金をこしらえてしまったのです。それで、父から勘当されました」

「博打ですって」

「はい。兄はいかさまだと騒ぎ、賭場の男に怪我を負わせてしまったのです。それで、勘当と同時に江戸を去りました。それきり十年近く、音沙汰はありません」

「で、おとうさまは?」

「兄の後始末のことで、他人がお店に入り込み、そのうちにお店をとられてしまいました。そのことで、病に臥《ふ》し、亡くなりました」

「お店をとられた?」

「はい。父が亡くなったあと、母と私もお店から追い出されました」

「なんと、酷《ひど》いことを」

剣之助はいきり立った。

「お店を追い出されたあと、しばらく父が懇意にしていた元芸者さんの家に厄介になっていたのですが、いつまでも世話になっているのが心苦しく、三年前にいまの長屋に引っ越したのです」

「そうでしたか」

そう呟いてから、ふと気になって、

「元芸者さんの家というのはどこですか」

と、きいた。

「日本橋富沢町です」

剣之助は覚えず息を呑んだ。

「その元芸者さんの名は？」

「おこうさんです。ご存じなのですか」

剣之助が顔色を変えたのを不審に思ったのか、砂吉が奇妙な顔をした。

「じつは、金貸し善兵衛が奉公人の多助に殺されるという事件がありました。その多助はおこうの家に立て籠もった。そのとき、私も奉行所から駆けつけたのです」

「まあ」

おたまは目を見張った。

「青柳さま」

砂吉が真剣な眼差しで、

「私たちに何かご不審なことでも？」

と、きいた。

「不審？　いや、そんなことはありません。なぜ、そのようなことをきくのですか」

心の動揺を悟られないように、剣之助は落ち着いてきいた。

「青柳さまがおたまちゃんのことを調べているのかと思ったものですから」

砂吉の声を、おたまが引き取った。

「私は善兵衛さんからお金を借りていました。最初はずいぶん親切な方だと思っていたんです。そのお金で、佐賀町に引っ越しをし、料理屋で働くようになりました。ところが、そのうちに善兵衛さんの態度が変わって来ました。利子が積もって十二両。そんなお金は作れません。善兵衛さんは私を女郎屋に売り飛ばそうとしていたのです。そんなときに、あの事件が起きました」

「いや。それは偶然でしょう。奉行所では、多助の仕業《しわざ》として決着がついています。よけいなことを考える必要はありませんよ」

剣之助はふたりを諭《さと》すように言った。

「はい。ありがとうございます」

おたまと砂吉は深々と頭を下げた。

引き上げるふたりを見送って離れに戻ろうとしたとき、いつ帰っていたのか父が立っていた。

第四章　償《つぐな》い

一

小舟町の小商いの店が並ぶ通りを、政次が寒そうにやって来た。俯《うつむ》き加減に、八百屋と鼻緒屋の間にある長屋木戸を入って行った。

「間違いありませぬ。紙屑買いの男です」

斜め前にある小さな稲荷の祠《ほこら》の陰から身を乗り出して、剣之助が昂奮を抑えて言った。

「やはり、そうだったか」

剣一郎も覚えず身を引き締めた。

『備前屋』の先代の伜《せがれ》豊太郎であることはほぼ間違いない。

ゆうべ、奉行所から帰った剣一郎は、客間を通り掛かって、中からおたまと呼ぶ声をきいたのだ。

盗み聞きをしたわけではないが、さらに、兄が博打で大負けをして、他人に怪我を負わせて勘当されたと聞いた。

客が帰ったあと、剣之助からすべてを聞いたのだ。

「なぜ、母や妹の前に顔を出さなかったのでしょうか」

剣之助は痛ましげに言う。

「出せなかったのだ。おそらく、先代の備前屋も豊太郎が立派に立ち直って帰って来ることを期待していたのだろう。だが、いまの豊太郎は堅気とはとうてい思えない。政次と名乗るやくざ者だ」

剣一郎は厳しく言い、

「それに、母と妹のいまの境遇はすべて自分の過《あやま》ちがもとなのだ。合わす顔などないと思っているはずだ」

「だから、こっそり様子を見に来ていたのですね」

「そうだ」

剣一郎はその場から離れた。

東堀留川に出たのを不審に思ったのか、

「どこへ行くのですか」

と、剣之助が横並びになってきいた。

「おこうのところだ」

「おこうのところ？」

剣之助は微《かす》かに狼狽《ろうばい》して、

「おこうに政次のことを問いつめるのですか」

と、きいた。

「善兵衛と多助を殺したのは、政次に間違いないと思うか」

「それは……」

剣之助は返答に窮した。

「剣之助、正直に答えるのだ。政次か」

「はい。そうだと思います」

剣之助はつらそうに答えた。

「その根拠は？」

「えっ」

「そなたの勘だ。違うか。捕物出役で踏み込んだ家の中で感じた違和感、そこから出発しているのだ」

「はい」

「だが、あくまでも憶測に過ぎない。いまのままでは、政次を下手人と決めつけることは出来ぬ。まず、真実を見極めることだ。それからだ、すべては」

「はい」

剣之助は深いため息とともに答えた。

富沢町に入り、浜町堀まで行く。

おこうの家の前に立った。剣之助が格子戸を開けて、中に呼びかけた。

はあいという長く伸ばした声の返事があり、十五、六歳と思える女が出て来た。

「青柳剣之助と申す。おかみさんはおられるか」

「はい。ただいま」

背後にいる剣一郎にも目をくれ、娘はあわてて奥に引っ込んだ。

おこうが出て来た。

「あなたさまは……」

おこうが剣之助と剣一郎の顔を交互に見た。

「おこうさん。父です」

「はい。よく存じあげております。何か」

おこうは緊張した顔できいた。

剣一郎は前に出て、

「少し訊ねたいことがある」

と、厳しい声で言った。

「わかりました。どうぞ、お上がりください」

おこうは毅然《きぜん》とした態度を崩さずに言った。

剣一郎と剣之助は部屋に上がった。

手伝いの娘に二階に上がっているように言い、おこうはふたりの前に腰を下ろした。

「訊ねたいのは、『備前屋』の先代の家族のことだ」

剣一郎が切り出すと、おこうは息を呑んだようだが、動揺は見られなかった。

「先代の内儀と娘がしばらくここに世話になっていたそうだな」

「はい。半年ほどおりました」

「どういう縁で、ふたりを引き受けたのだ？」

「私は仲町で芸者に出ていました。そのとき、先代の豊右衛門さんにとても可愛がってもらいました。お座敷にはいつも呼んでもらい、私の母が病気になったときも医者の世話からなんでもしてくださいました。そのご恩がありますから、お内儀さんと娘さんのお力になりたいと思ったのです」

「息子の豊太郎を知っているか」

「はい。何度か、お座敷にいっしょに来られました」

「いま、豊太郎が何をしているか、知っているか」

「いえ。知りません」

おこうは迷わず答えた。予《あらかじ》め、この質問は想定していたのだろうか。

「豊太郎さんは勘当されて、江戸を離れたのです。それきり、音沙汰はないようです」

「『備前屋』に何があったのか、知っているか」

「はい。豊太郎さんが博打に手を出し、莫大な借金を作ってしまったと聞いています。その後、どういうわけか、惣兵衛さんが先代の養子になり、先代が亡くなると、お内儀さんたちを追い出してしまったんです」

おこうは憤慨して言った。

「豊太郎がどこの賭場に行っていたか、聞いているか」

「いえ。でも、お内儀さんは豊太郎は悪い奴に引っかかったのではないかと言っていました。最初から、『備前屋』を乗っ取ろうとして豊太郎に近づいたのではないかと。豊太郎さんは悪い奴の餌食《えじき》になったんだと思います」

「すると、いまの備前屋の惣兵衛が企んだことになるのか」

「そうとしか思えません。でも、証拠がありませんから」

おこうは悔しそうに唇を嚙みしめた。

「おこうさん。私からお訊ねします」

剣之助が切り出した。

「お内儀さんと娘のおたまさんがこちらで暮らしているとき、金貸し善兵衛から金を借りたそうですね」

「はい。おふたりはここを出て行こうとしたのです」

「どうして、出て行こうと？」

「旦那です。私の旦那がいい顔をしないんです。けちな男ですから」

おこうは本町にある鼻緒問屋の主人の囲い者である。最初のうちは渋々了承していたが、ひと月も過ぎると、露骨《ろこつ》に厭味《いやみ》を言うようになったという。

「その頃から、お内儀さんが寝込むことが多くなり、やって来るたびに、病人がいると陰気臭いと言っていました。おたまさんも、それで善兵衛から金を借りてまで出て行く決心をしたのです」

「善兵衛のかみさんのおすみさんとは親しかったのですか」

剣之助はおこうの表情を見逃すまいとするように睨《にら》み付けた。

「おすみさんはおたまさんと同じような事情を抱えていたんですよ。怪我《けが》をして働けなくなった父親と病気の母親を抱えて、暮らしは困窮していました。親切ごかしに金を貸し、払えなくさせて自分の妾にしたんです。あげく、本妻を追い出し、家に引き入れたんですよ。その後、その本妻は首をくったそうです。おすみさんは苦しんでいました」

剣之助が顔を剣一郎に向けた。

目顔で訴えたことがわかった。おすみとおこうに、政次と手を組む理由が見つかったということだ。

「では、そなたもおすみも、おたまを遊女屋に売られるのを助けたいと思ったであろう」

剣一郎が一歩迫るように言うと、

「でも、私たちには何も出来ませんから」

と、おこうはするりと身をくねらせて包囲から逃れた。

剣一郎はなおも追い掛けるように言う。

「政次という男を知っているな」

おこうはあっという表情を見せた。まさか、政次のことを嗅《か》ぎつけられているとは思わなかったのだろう。

「いえ……」

おこうはやっと声を出した。

「そうか。政次と名乗っているが、じつの名は豊太郎だ」

「なんのことかわかりません」

虚勢を張っていたのが崩れたように、おこうは急に肩を落とした。

「ならばよい。じつは、政次はおたま親子の様子を窺《うかが》っていたようだ。ほんとうは会いたいのであろうな」

「旦那」

おこうは絶望的な目を向けた。

「もし、政次という男が豊太郎さんだとしたら、どうなさるおつもりなのですか」

立ち直ったように、おこうは鋭い目を向けた。

「政次は『備前屋』を見張っているのだ。政次は何かをやるつもりではないのか。おそらく、自分を罠《わな》にかけ、店を乗っ取った者たちに復讐をしようとしているのかもしれない。もし、『備前屋』の代替わりに何か企みがあったのなら、我らとしても黙って見過ごしにすることは出来ぬ」

剣一郎は敢然と言う。

「政次ひとりでは手に余ろう。我らと共に闘うことを願っている。それだけだ」

「ほんとうはもうお見通しなのですね」

おこうがため息混じりに言った。

「何がだな」

剣一郎はとぼけた。

「善兵衛と多助の件ですよ」

「じつは、さっき政次が豊太郎だと決めつけたが、果たしてそうかどうかはわからぬ。こういうことも考えられる。政次は旅先で豊太郎と知り合いになった。だが豊太郎は病死した。その豊太郎が言い残したことが『備前屋』のことだ。だから、政次は江戸に出て来た。そこで、『備前屋』の乗っ取りを知り、亡き豊太郎に代わり、復讐をしようとしているのではないか。そういう考えも出来るのだ。いや、私はそうだと思っている。善兵衛と多助の件の真相はわからぬが、もし何か裏に企みがあったとしたら、豊太郎ではなく、政次が勝手にやったことであろう。たとえ、どんな結果になろうが、おたまの兄豊太郎の仕業ではない。そうだな、剣之助」

「はい。私もそう思います。いえ、そもそも、私の勝手な早とちりでした。立て籠りのとき、押入れの天井に誰かが隠れていたと思ったのも私の先走りでした」

「おこう、そういうわけだ。あの善兵衛殺しはすでに多助の仕業としてけりがついている。それを覆《くつがえ》すにはよほどの確たる証拠、あるいは当人の自白がなければならぬ。我らがいくら喚《わめ》き、叫ぼうがどうにもならぬのだ」

「はい」

「これから、そなたが政次と接触することを禁じる。よいか、政次が豊太郎ではないとしたら、そなたやおすみが政次と接触する意味がない。おすみにもよく話しておくように」

「畏《かしこ》まりました」

おこうは涙声になった。

「邪魔した」

剣一郎は立ち上がった。剣之助も続く。

外に出ると、星空が広がっていた。

東堀留川に出て、ひと通りがないのを確かめてから、

「父上、ありがとうございます」

と、剣之助がいきなり言った。

「何がだ?」

「政次、いえ、豊太郎を見逃してやって」

「剣之助。さっき、わしが言ったことを覚えておろう。すでに多助の仕業としてけりがついているのを覆すには、当人の自白がなければならぬと」

「はあ」

「そういうことだ」

「…………」

剣之助は不思議そうな顔をした。

「剣之助。そのことより、『備前屋』だ。いまの主人の惣兵衛が先代の養子に入ったというのも何か裏がありそうだ。ひょっとして、最初から綿密に練られた乗っ取りだったとも考えられる。『備前屋』は何やら後ろめたいことを抱えているように思えてならない」

剣一郎は自分の考えを話してから、

「剣之助。あとは、父に任せろ。そなたは、いずれ本勤並になるのだ。勤めを疎《おろそ》かにするな。志乃も毎晩のように出歩いていることで案じておる」

「わかりました」

剣之助は素直に応じた。

「文七さんとごいっしょして、いろいろ勉強になりました。でも」

剣之助が言いさした。

「でも、なんだ？」

「ええ。文七さんの暮らしぶりがあまりにもわびし過ぎます」

「そうか」

「この先、文七さんはどうなるのですか。一膳飯屋で夕飯を食べ、誰もいない寒々とした長屋に帰って寝る。そんな暮らしが……」

「剣之助。ひとにはそれぞれ持って生まれた人生がある。自分の尺度で、文七が不幸だと決めつけてはならぬ」

「そうですが」

「政次だってひとりぼっちだ。いや、実の母と妹に顔を合わせられないだけ、辛《つら》いだろう。砂吉とて天涯孤独の身なのではないか。幸い、おたまがいるからよかったが、いなければひとりぽっちだ」

「ひとは生まれた環境で、ずいぶん違うのですね」

「そうだ。武士と町人では大きく異なる。同じ武士でも、高禄の者もいれば、貧しい武士もいる。町人だって、大店《おおだな》の子もいるし、長屋で生まれた子もいる。だが、みな精一杯生きているのだ」

「はい」

「我らは奉行所与力の家に生まれた。江戸のひとびとの安全を守って行くことに使命があるのだ」

「はい」

剣之助の素直な返事を聞いて、剣一郎は忸怩《じくじ》たる思いを禁じ得なかった。じつは、文七に対して、剣一郎も同じ思いでいたからだ。

文七は多恵の父親に恩誼《おんぎ》を感じているらしい。そのことから多恵だけにでなく、剣一郎に対しても忠誠を尽くしている。

だが、文七の将来が心配だった。このまま、歳をとらせていいわけはない。所帯を持たせ、それなりに生計を立てる道を探してやりたいと思っているのだ。

職人ふうの男がふたり、剣一郎たちに会釈《えしゃく》をして通りすぎた。

ふたたび、ひと気がなくなってから、

「文七さんはどういう御方なのですか」

と、まだ剣之助は文七のことを気にしていた。

「じつは、わしもよく知らないのだ。母上の実家のほうと深い関わりがあるようなのだが、母上も詳しくは語ろうとしない」

「文七さんの長屋にお邪魔しましたが、母親の位牌《いはい》が飾ってありました。父親のものはありませんでした」

「母親の位牌だけか……」

剣一郎はそこに文七の出生の秘密があるような気がした。

二

翌朝、朝餉をとり終えたあと、京之進がやって来た。

「朝早くに、呼び出してすまなかった」

「いえ。私のほうもお知らせしたきことがございましたゆえ」

「では、まず京之進のほうから聞こう」

「はっ」

客間で差し向かいになってから、剣一郎は京之進の報告を聞いた。

「柳原土手に出没する夜鷹《よたか》に聞き込みをかけていましたが、ようやく目撃者を見つけ出すことが出来ました。あの辺りを縄張りにしている夜鷹のひとりが、和泉橋に向かう懐古堂のあとをつけて行く男を見かけていました。その夜鷹は、懐古堂の顔を知っていました。以前、『懐古堂』で、茶器を買い求めたことがあったそうです」

茶器を買い求めた夜鷹にどんな人生があったのか。だが、そのことは事件に関係なく、剣一郎は肝心なことを訊ねた。

「どんな男だ？」

「遊び人ふうの男だったというのです。残念ながら、顔を見ていません」

「そうか」

「夜鷹はそのままぶらぶら柳森《やなぎもり》神社のほうに向かったそうです。その途中、悲鳴を聞いたということでした。時間的にいって、夜鷹が見かけた遊び人ふうの男が下手人だと考えて間違いありませぬ」

「すると、たまたま懐古堂が襲われたわけではないということだな」

「はい。物取りの線は浮かびません。下手人は最初から懐古堂を狙《ねら》っていたとしか思えません」

「やはり、『備前屋』からつけてきたと考えられるな」

「はい」

「『備前屋』を出入りする人間を見張って、金を持っていそうな人間を物色していたのだろうか。いや」

政次の件もある。こうなると、いよいよ『備前屋』に疑惑の目が向かう。

「ほんとうに、備前屋は十両を懐古堂に渡したのか。そのことさえ、疑わしい。最初から懐古堂の懐《ふところ》には十両はなかったのかもしれない。備前屋が十両を返したというのは物取りの仕業に見せかけるためだったのでは……」

「はい。私もそう思います。金目的ではなく、懐古堂を殺すことが目的だったのではないでしょうか」

「備前屋には懐古堂を殺さねばならぬどんな理由があったのだろうか。備前屋と懐古堂の間に何か障碍《しょうがい》が起こった。それが、なんなのか。まさか、無尽講《むじんこう》をやめることが障碍だとは思われぬが」

「『懐古堂』の内儀や奉公人から話を聞いてみます」

京之進の話が終わってから、

「じつは、例の政次のことがわかった」

と、剣一郎は切り出した。

「これは剣之助の線から知り得たことだ。じつは、政次は『備前屋』の先代豊右衛門の倅《せがれ》の豊太郎の可能性がある」

「ほんとうですか」

「本人に確かめたわけではないが、ほぼ間違いないだろう。じつは、『備前屋』の先代が亡くなったあと、内儀と娘は店から追い出された」

剣一郎はその話をしてから、

「最近、政次は深川方面に足を向けている。政次は何かを探っているのだ。おそらく、店を乗っ取られたからくりを探り出し、復讐しようとしているのかもしれない」

「そうでしたか」

京之進は愁眉《しゅうび》を開いたように目を輝かせた。

「やはり、今の備前屋惣兵衛には何かありそうですね」

「そうだ。ただ、政次が早まったことをしないように、『備前屋』には見張りを立たせて欲しい」

「わかりました」

京之進は勇躍して引き上げて行った。

それから一刻（二時間）後に、剣一郎は小舟町の政次の長屋を訪れた。だが、政次は出かけていなかった。

剣一郎はそのまま永代橋を渡った。そして、油堀川沿いを行き、海福寺にやって来た。

きょうは先代の備前屋豊右衛門の月違いの命日である。毎月、おたまは墓参りをしているという。

剣一郎は山門をくぐり、本堂の裏手にある墓地に向かった。ちょうど、手桶《ておけ》と花を持ったおたまと砂吉の姿が見えた。

そのふたりの姿を、政次がどこかで見ているはずだ。そう思いながら、剣一郎は墓地に向かった。すると、右手のほうに黒い影が動くのがわかった。

剣一郎は墓石の陰に身を隠して移動した。やはり、政次だった。

おたまと砂吉は豊右衛門の墓石の前に立った。花を手向《たむ》け、線香を上げ、ふたりは合掌した。政次がじっと目を注いでいる。

やがて、おたまと砂吉は墓から引き上げた。政次が離れてついて行く。剣一郎は政次のあとをつけた。

おたまたちは山門を出て、油堀川沿いを佐賀町に向かったが、政次は途中で右に折れた。そのまま仙台堀に出て、今川町《いまがわちょう》にやって来た。

最初から当てがあるように政次は裏長屋に入って行く。剣一郎は木戸口から路地を覗く。政次が一番奥の家の前に立った。

政次が中に消えたのを確かめてから、剣一郎は路地に足を踏み入れた。

壁板も剝《は》がれかかって、軒も傾いている。二階建て長屋にはさまれた、陽の射さない棟割り長屋だ。

剣一郎は政次が消えた家の前にやって来た。中の声が破れ障子《しょうじ》から漏れてくる。

「ずいぶん探したぜ。やっと会えた」

政次の声だ。

「どうして、ここが?」

「常盤町の賭場に行ってみたが、とうになくなっていた。それから、盛り場を尋ね回ったんだ。どうせ、堅気な暮らしはしちゃいねえと思ったからな。地回りのひとりが教えてくれた」

「そうか。些細《ささい》なことから喧嘩になって、ご覧のとおりの始末よ。もう、半月も寝たきりだ」

「どこをやられたのだ?」

「腹だ。最近、ようやく少しなら歩けるようになった」

「飯なんか、どうしているんだ?」

「長屋の連中がなんとかしてくれているが、みな貧しい連中だからな。それより、おめえもすっかり変わっちまった。すぐには気づかなかったぜ。よく帰って来たっていいてえが、驚いただろう」

相手が応える。

「ああ。まさか、こんなことになっていようとは想像もしなかったぜ。俺が江戸を離れたあと、いってえ、なにがあったんだ」

「俺も詳しいことはわからねえ」

「隠すな」

政次がドスの利いた声を出した。

「ほんとうに詳しいことはわからねえんだ。ただ、おめえがはめられたことだけは間違いねえ」

『備前屋』にいる惣兵衛ってのは何者なんだ？」

「わからねえ。世間的には紙の仲買人だったって話だが、どこまでほんとうかどうか。俺たちが出入りしていた賭場に貸元はほとんど顔を出さなかった。俺はその貸元だった男じゃねえかと思っているが、証拠はねえ」

「誰か知っている人間はいねえか」

「そうさな。伝六《でんろく》とっつあんは知っていると思うが……」

「伝六とっつあんか。まだ、達者なのか」

「ああ」

「いま、どこにいる？」

「一《ひと》つ目弁天《めべんてん》の門前の『花房家《はなぶさや》』って娼家で下働きをしているって話だ。だが、行っても無駄だと思うぜ」

「なぜだ？」

「とっつあんは喋らねえと思うぜ。とっつあん、おめえをはめた連中の仲間みてえなものじゃねえか」

「だが、いまはつきあいはないんじゃねえのか」

「そうだが、『花房家』の下働きも、惣兵衛に世話をしてもらったって話だ」

「そうか。だが、ともかく、行ってみる」

「それを調べて、どうするつもりだ？」

男がきいたが、政次は答えず外に出た。

剣一郎はすぐに角に身を隠した。

政次は木戸を出た。

仙台堀を上の橋で渡り、大川沿いを北に向かった。小名木川《おなぎがわ》にかかる万年橋《まんねんばし》を渡り、左手に御舟蔵を見ながらさらに歩を進める。

行き先はわかっているので、剣一郎は少し離れてついて行く。

竪川《たてかわ》にかかる一ノ橋の手前に一つ目弁天がある。その門前に、数軒の娼家が並んでおり、『花房家』は大きな娼家だった。

この時間、どの娼家もひっそりとしている。政次は裏手にまわった。

しばらくして、政次が戻って来た。伝六という男とは会えなかったのかと思っていると、政次は一ノ橋の袂《たもと》に佇《たたず》んだ。

そのうち、紺の股引きを穿《は》き、着物を尻端折《しりつぱしよ》りした年寄りが片足を引きずりながら、やって来た。

ふたりは懐旧談でもしているかのように、穏やかに話している。剣一郎のいる場所からは遠すぎて、ふたりの声は聞こえない。

そのうちに、政次の声が大きくなった。その声が風に乗って聞こえた。

「惣兵衛とは誰なんだ？」

それに対して、伝六は顔を背《そむ》けた。

勘弁してくれと、答えたようだ。

「あんな連中に義理立てするのか。まさか、話したら殺されちまうのか」

「すまねえ」

伝六は逃げるように踵を返し、不自由な足で去っていった。

「とっつあん。明日、また来る」

政次は伝六の背中に声をかけた。

伝六が『花房家』の裏口に消えてから、政次はようやく来た道を戻った。剣一郎は再びあとをつけた。

新大橋《しんおおはし》を渡り、政次はそのまままっすぐ長屋に帰った。

その日の夜、剣一郎の屋敷に隠密同心の作田新兵衛が物貰いの恰好のままやって来た。

「申し訳ありませぬ。このような恰好で参りまして」

新兵衛は恐縮したように言う。

「何の。気を使わずともよい。で、何かわかったのか」

「はい。じつは『伊予亭』にて青柳さまが東條廉太郎どのとお会いになった折り、東條どのが別の部屋で会っていたのは太田屋だけでないことがわかりました」

「他にもいたと申すのか」

「はい。女将は『太田屋』の番頭と思っていたようです。人相をきくと、色白の目つきの鋭い男だというのですが、『太田屋』にはそれらしき番頭はおりませぬ」

「なるほど。してみると、東條どのの狙いは太田屋ではなく、そっちの男にあったのかもしれぬな」

東條廉太郎はその男に剣一郎とのつながりを見せつけ、ゆすりの効き目を高めようとしたのだ。見せつける相手は太田屋ではなかったのだ。

「はい。その後、『伊予亭』にその男はやって来ていないそうです。いま、太田屋を毎日のように尾行しておりますが、得意先へとか、寄合だとか、いずれも商売絡みのつきあいのところに行くだけで、不審な人物に会ってはおりませぬ」

「そうか」

太田屋を問いつめても、口を割らないだろう。

「それから、いま、思いだしたのですが、東條どのと接触しているとき、東條どのはこう申されておりました。屋敷を貸してやっていた賭場の壺振《つぼふ》りはいかさまの名人だったから、どこの賭場にも行けるだろうと」

「なるほど。ひょっとして、太田屋の世話で、その壺振りはどこかの賭場に？」

「はい。そのことを東條どのが知り、太田屋とその壺振りを雇った胴元を脅そうとしたのではないかと思います」

「やはり、太田屋が鍵だな」

「はい。さらに太田屋の尾行を続けます」

「ごくろうだが、頼む」

「はっ」

新兵衛が引き上げたあと、剣一郎は多恵を呼んだ。

「お呼びにございますか」

「うむ。他でもない、文七のことだ」

「文七さんの？」

「じつは、昨夜、剣之助がこんなことを言っていた」

剣一郎は剣之助の言葉をそのまま多恵に伝えた。

多恵は黙って聞いていた。

「剣之助にはひとそれぞれの生き方があると言ったが、私も剣之助と同じ思いなのだ。文七のことは前々から気にかけていた。文七はそなたの言うことなら聞くだろう。どうだ、この際、文七の身の振り方を考えてやらぬか」

「ありがとうございます」

覚えず、多恵が礼を言った。そのことに、剣一郎は驚いた。まるで、多恵は文七の側に立っている。

「多恵。教えてもらおうか。文七とそなたはどういう関係なのだ？」

「ですから父上に恩誼を感じているものにございます」

「いや。岳父《がくふ》どのに恩誼を感じていたとしても、そなたにまであれほど忠誠を誓うものか。ましてや、私にまで尽くしてくれている」

「それは、私があの者に手当てを授けているからでございましょう」

「何を隠すのだ？」

いままでは、多恵が答えたがらない以上、あえて深く詮索はしないようにしてきたが、いまの剣一郎は一歩も引き下がろうとしなかった。

「隠してなど……」

多恵の声は弱まった。

「剣之助が言うには、文七のところに母親の位牌がひとつだけあったそうだ。文七には父親の影がない」

「文七のたっての望みなのです」

多恵が顔を上げて言った。

「たっての望み?」

「はい。私が文七にあなたさまのお力になるように申したところ、自分のことは決して話してくれるなと」

「なぜだ、なぜ、文七は?」

「自分の立場を弁《わきま》えたいからと」

「わからぬ」

剣一郎は首を横に振った。

「文七はいつも庭先に立つだけで、決して座敷に上がろうとせぬ。雨の日でも、庭先で私の用をきく。何が、自分の立場か」

「自分なりに、あなたさまに忠誠を尽くしたいからでございます。もし、文七の出生を知れば、あなたさまは文七に対して甘くなると……」

「それは文七の考えか、それともそなたの考えか」

剣一郎はさらに問いかけた。

「文七の考えにございます」

「もしや、文七は……」

剣一郎は言いさした。

「いや、いい」

ある想像が働いたが、剣一郎はあえてそれ以上は考えないようにした。

三

翌日も剣一郎は一つ目弁天にやって来た。きょうは朝からときおり小雪が舞った。

きょうも政次がやって来るはずだ。きのうは、伝六は政次の問いには答えなかった。一日経って、伝六の気持ちに変化があるかどうか。

剣一郎は黒板塀に囲まれた『花房家』の裏手にまわった。裏口の戸は閉まっている。中の様子を見ることは出来ない。

そのまま素通りし、建物を一回りして、再び一つ目弁天の前にやって来た。

それから四半刻（三十分）後、政次がやって来て、まっすぐ『花房家』の裏手に向かった。しばらくして、政次が戻って来た。

今度は一つ目弁天の境内《けいだい》に向かって来た。

剣一郎は境内の様子を見た。政次は境内の銀杏《いちょう》の樹の横に立っている。剣一郎は素早く境内に入り、植込みに身を隠した。

それほど間を置かずに、小柄な年寄りが足を引きずりながら境内に入って来た。

「政次。勘弁してくれ」

いきなり、伝六が政次に訴えた。

「とっつあんに迷惑はかけねえから教えてくれ」

政次が激昂しているのが目に入った。

「とっつあんは、あんな奴の肩を持つのか」

「違う。言って何になる。おかみに届けたって、取り上げちゃくれねえ。それよか、反対に殺されちまう」

伝六が苦しそうに訴える。

「いまだって、死んだようなものだ。このまま、泣き寝入りしろって言うのか」

「豊太郎」

「いまは俺は豊太郎じゃねえ。上州無宿の政次だ。なあ、とっつあん。ほんとうのことを教えてくれ」

伝六は首を横に振った。

「そうかえ。わかった」

開き直ったように、政次は険しい表情になった。

「こうなったら、『備前屋』に乗り込むまでだ」

「ばかな。殺されに行くようなものだ」

「その覚悟は出来ている」

「待て」

伝六が辺りを見回した。

剣一郎は植込みの陰でじっとしていた。

「こっちへ来い」

伝六は政次を祠《ほこら》のそばに連れて行った。

伝六が何かを話しはじめた。声は聞き取れなかった。政次がときおり凄まじい形相になって呻《うめ》き声を漏らした。

いきなり、政次が出口に向かった。

伝六は茫然《ぼうぜん》と政次を見送っていた。

政次の姿が見えなくなって、伝六はようやく引き上げようとした。その前に、剣一郎は立ちふさがり、編笠をとって顔を晒《さら》した。

年寄りが目を見開いた。

「青痣与力……。いや、青柳さまで」

あわてたのか声が裏返った。

「そなたは伝六か」

剣一郎が問いかけると、伝六は小さくなって答えた。

「へい。伝六でございます」

「備前屋の豊太郎とはどういう関係だ?」

伝六は顔色を変えた。

「青柳さま。いってえ、なんのことで」

「いま会っていた男のことだ」

「へえ」

「あの男が、先代の備前屋の息子豊太郎であることはわかっているのだ。隠し立てしても無駄だ」

剣一郎はあえて強引に出た。

「へえ、おみそれしやした」

「何をきかれたのだ？」

「………」

「答えたくないのか」

「旦那。勘弁してくだせえ」

「よし。もし、豊太郎が『備前屋』に行って騒ぎを起こしたら、そなたも大番屋に来てもらうことになるだろう。場合によっては、知っていて見逃したことで」

「旦那」

伝六は泣きそうな声を出した。

「言うんだ。正直に言えば、そのほうの昔の罪は見逃してやる」

「へえ」

迷っていたが、伝六は腹を決めたように厳しい顔を向けた。

「あっしは十年前まで、深川の常盤町の料理屋で下足番をしていました。じつは、その料理屋で賭場が開かれていたんです。その賭場に『備前屋』の豊太郎が入《い》り浸《びた》りだったんです」

「そこで大負けして、勘当されたってわけだな。その勝負に、何かからくりがあったのか。いかさまかどうか」

「へえ」

「そうか、豊太郎はいかさまにひっかかったのか」

「もちろん、豊太郎はいかさまだと気づいちゃいません。負け続けるとどんどん熱くなっちまった。あっしは、もうよしなせえと何度も忠告したんですが、聞く耳なんかもたねえ。負け続けていても胴元は、どんどん金を貸した。それでも大負けをし、最後に家屋敷を形にして勝負に出てしまった。案の定の結果です。そしたら、いきなり、いかさまだって騒ぎだし、暴れたんです。そんとき、ひとりに大怪我をさせちまった。豊太郎は大勢に取り押さえられ、土蔵に監禁されました。それから、『備前屋』との間に入ってうまくことを収めたのが、旗本の勝山谷右衛門さまで」

「なに、勝山谷右衛門だと?」

「へえ、あの旗本はごろつきと変わりませんぜ」

「そうか」

いずれにしろ、『備前屋』の不可解な代替わりに勝山谷右衛門が絡んでいたのだ。

もつれていた糸がほどけそうに思えた。

「で、どういう決着を見たのだ？」

「豊太郎を勘当する。娘のおたまが婿《むこ》をとるようになるまで、勝山谷右衛門さまが推《お》す仲買人の惣兵衛を豊右衛門の養子にして『備前屋』を任せるってことになりやした」

「だが、惣兵衛は豊右衛門が死ぬや、内儀と娘を追い出し、店を乗っ取ったというのだな」

「へい。豊太郎は江戸に帰って来て、父親が死に、母親と妹は追い出されて『備前屋』が乗っ取られたことを知ったんです。それで、はじめて自分が博打に誘われたのも最初からの企みだったのではないかと気づき、あっしにそのことを確かめに来たんです」

「それを企んだのは誰だ？」

「いまの『備前屋』の惣兵衛と勝山さまに違いありません」

「惣兵衛とは何者なのだ？」

「紙の仲買人と称していますが、実際は博打打ちですよ。常盤町の賭場で、胴元をやっていた男です」

「惣兵衛の妹ってのが芸者で、勝山さまの妾です」

「なんだと」

「いままで、なぜ、黙っていたんだ？」

「こんなことを言ったって誰が信用してくれますかえ。相手は旗本ですぜ。無礼討ちって形で斬り殺されるのが落ちでさ。この足」

そう言い、伝六は自分の足を叩いた。

「じつは、惣兵衛が『備前屋』に入ったあと、あっしは数人の男に囲まれ、半殺しの目に遭ったんですよ。そんとき受けた傷がもとで、こんな足に。そんとき、襲った中のひとりが、よけいなことを喋ったら、今度は命がないと威《おど》したんです。お内儀さんと娘が『備前屋』を追い出されたと聞いたときも、腸《はらわた》が煮えくり返りましたが、何も出来ませんでした」

「さっき、豊太郎にいまのようなことを話したのか」

「そうです。惣兵衛は胴元だったと話すと、体をぶるぶる震わせていました。きっと、復讐するつもりなんでしょう」

「最後に、もうひとつききたい。『備前屋』に浜太郎という目つきの鋭い番頭がいるが、その男を知っているか」

「ええ。昔から惣兵衛の子分だった中盆《なかぼん》の忠助《ちゅうすけ》のことだと思います」

「よく話してくれた」

「旦那。お願いでございます。どうか、豊太郎を助けてやってください」

いきなり、伝六が土下座をした。

「『備前屋』に乗り込んだら、奴は殺されてしまいます。あっしに勇気があったら、『備前屋』は乗っ取られずに済んだかもしれねえ。あっしはどうなってもいい。なんでも喋ります。『備前屋』を取り返してやってください。このとおりです」

伝六は地べたに額をこすりつけるようにして訴えた。

「よく言った、伝六。あとは任せろ。店を乗っ取り、先代の家族をめちゃくちゃにした惣兵衛に鉄槌《てっつい》を加えてやる」

「ありがとうございます。どうか、よろしくお願いいたします」

伝六は何度も頭を下げた。

まず、政次を止めなければならぬと、剣一郎は伝六と別れ、新大橋を渡って神田須田町に向かった。

須田町の『備前屋』にやって来た。

まさか、真っ昼間から政次が乗り込むようなばかな真似はしまいと思ったが、『備前屋』は普段どおりの様子だった。

ただ、商家の主人らしい男が続けて中に入って行った。

さては、無尽講の集まりでもあるのだろうか。

そこに、物貰いの恰好の新兵衛がまるで何かをねだるように近づいて来た。

「太田屋が『備前屋』に入って行きました」

「太田屋が？　そうか、太田屋も無尽講の仲間か」

たちまち、いままでばらばらだったものがひとつに収斂《しゅうれん》していった。

「新兵衛。『備前屋』に、『伊予亭』で太田屋といっしょにいた男がいるはずだ。それらしき男を探すのだ」

目つきの鋭い男というだけでは断定出来ないが、おそらく中盆の忠助ではないか。

「話しておきたいことがある。今夕、京之進とともに小舟町の自身番に来てくれないか」

「はっ、畏まりました」

そう言い、新兵衛の物貰いはわざと気だるそうに離れて行った。

剣一郎は辺りを探ったが、政次の姿はない。その後、さらに商家の主人体の男が

『備前屋』の中に吸い込まれて行った。

無尽講の寄合だろうか。無尽講に名を借りて、賭場が開かれるのではないか。剣一郎はそう疑った。

剣一郎は小舟町の政次の長屋に向かった。

長屋木戸を入り、政次の家の前に立った。

「政次、いるか」

腰高障子を開けて、剣一郎は呼びかけた。

薄暗い部屋で誰かが寝そべっていた。夜に備えて体を休めていたのに違いない。

「政次。どうした、具合でも悪いのか」

剣一郎はわざとそう言った。

「あっ、これは青柳さまで」

あわてて、政次は起きあがった。

「政次。話がある。つきあってもらおう」

剣一郎はうむを言わさぬように言った。

「へい」

何かを感じ取ったように、政次は警戒する素振りを見せた。

だが、剣一郎が睨みすえると、観念したように立ち上がった。

剣一郎は政次を伊勢町河岸《がし》に連れて行った。商家の蔵が並んでいる前を通り、蔵が切れて川っぷちに出られる場所に向かった。

荷を積んだ船が伊勢町堀に入って来た。

「豊太郎」

剣一郎はほんとうの名で呼んだ。

「ご冗談を。あっしは、政次で」

と、政次は緊張した声で答える。

「豊太郎。そなた、今宵《こよい》、『備前屋』に押し込むつもりだな」

「な、なんのことで？」

「さっき寝ていたのも、今夜に備えて体を休めていたのではないか」

「違います。そんなんじゃありません」

政次はうろたえている。

「隠すな。そなたの名は『備前屋』の先代豊右衛門の息子の豊太郎だ。きのうは、海福寺にある豊右衛門の墓参りに来ていたおたまと砂吉を見守っていた」

「…………」

政次の顔が青ざめてきた。

「そなたが『備前屋』を見ていたのは、店を乗っ取った人間を探るためだったのではないか。隠しても無駄だ」

「違います」

「その前に、そなたは女衒《ぜげん》に売られそうになった妹のおたまを助けている。金貸し善兵衛と多助の件だ」

「えっ」

と叫び、政次はくずおれるように膝から落ちた。

剣一郎は諭《さと》した。

「政次。すべてお見通しだ。素直に喋るのだ」

「恐れ入りました。仰るとおりにございます。あっしのせいで、みんなが不幸になっちまって。十年前、あっしは勘当されたんです。そのとき、おとっつあんは、博打と完全に手が切れたら必ず戻って来いと言ってくれました。ところが、あっしって野郎は……」

政次は涙声になって、

「あっしが持っていた十両は小間物の行商をして稼いだもんじゃありません。博打で勝ったんです」

「博打をやめられなかったのか」

「へい」

鼻を鳴らしてから、政次は続けた。

「最初はまっとうに働きだしたんです。ところが、江戸を離れた寂しさに居酒屋で知り合った男につい誘われて。いつしか、一端《いっぱし》の博打打ちでさあ。これじゃ、江戸に帰れねえ。おとっつぁんに合わせる顔はねえ。そう思って、何度も博打から足を洗おうとしましたが、情けねえことに、独り暮らしのどうしようもねえ寂しさに襲われ、気づいたら賭場に足が向かっていたんです」

人間というのは弱い生きものだと、剣一郎はやりきれなくなった。

「もう、あっしはまっとうになれねえ。こうなったら、『備前屋』はおたまに婿をとって継がせるしかねえ。いや、もうそうしているかもしれねえ。だが、まだおとっつあんが俺を信じて待っているなら、はっきり俺はもうだめだと謝ろうと思って、江戸に帰って来たんです。ところが、『備前屋』に行って、びっくりしやした。知らない奉公人ばかりです。そして、見知らぬ人間が『備前屋』の主人に納まっている。おっかさんも妹もいない。何があったんだと、ほうぼう心当たりを訪ねました。そして、あるひとから」

「おこうか」

政次はハッとしたように顔を上げた。が、うろたえながら、頷いた。金貸し善兵衛殺しに話が及ぶと思ったのだろう。

剣一郎はそのことには触れずに、

「で、おこうから、惣兵衛という男が豊右衛門の養子になって『備前屋』の主人に納まったことを聞いたのか」

「へい。耳を疑いました。だって、あっしが勘当されて、そんなに日を置かずにおとっつあんが惣兵衛なんていう男を養子にするなんて考えられません。いったい、何があったのか。それを調べていたんです。あるとき、『備前屋』から引き上げるとき、途中で誰かにつけられているのに気づきました。正体を突き止めてやろうと、一膳飯屋を利用して籠脱《かごぬ》けし、反対に尾行者をつけたことがございます」

あのときのことを言っているのだ。その政次のあとを剣一郎がつけたのだ。そのことに、政次は気づいていない。

「その男は『備前屋』に入って行きました。どこかで見た顔だと思いました。いま、やっとわかりました。あっしが通っていた賭場で中盆をやっていた男です。そして、主人に納まっている惣兵衛は胴元ですよ。ちくしょう。最初から俺を罠《わな》にはめて『備前屋』を乗っ取るつもりだったんです」

政次は恐ろしい形相で、

「旦那。やつらはいかさまで俺を追い込んでいったんだ。このままじゃ、死んでも死に切れねえ」

と、訴えた。

「ひとりで乗り込んでも、殺されるだけだ」

「でも。おかみに訴えたって、証拠があるわけじゃなし、取り上げてもらえねえ。それに、向こうには勝山谷右衛門って旗本もついているってことです。手も足も出せねえ。だったら、あっしに出来ることはせめて自分の命と引き替えに惣兵衛を殺すしかないんです」

確かに、政次の言うように、このままでは証拠がないので追及することは出来ない。

「旦那。旦那があっしの立場なら、黙っていられるんですかえ」

政次が抗議する。

「いや、許さぬ。だから、確実に連中の悪事を白日の下にするのだ」

剣一郎は厳しい声で言い、

「惣兵衛たちが、なぜ『備前屋』を乗っ取ろうとしたのか、わかるか」

「わかりやす。『備前屋』で大きな賭場を開くためじゃありませんかえ」

「そのとおりだ。無尽講の寄合と称して賭場を開いているのに違いない。きょう無尽講の集まりがある。賭場は夜になってから本格的になるだろう」

「じゃあ、そこに踏み込めば、博打をやっている現場を押さえられるんですかえ」

政次は期待して言った。

「いや。証拠もないのに踏み込めない」

「そんな」

「しかし、手立てはある」

「ほんとうですかえ」

「その前に確かめたいことがある」

「なんでしょうか」

「政次、いや、豊太郎。そなたは江戸に来て、まだ母親やおたまの前に顔を出していないな」

「へえ、合わせる顔がありませんから。それに、あっしのようなやくざ者がいたんじや、これ以上迷惑をかけるだけです」

「しかし、『備前屋』に乗り込んで騒ぎを起こしたら、おたまの知ることになるやもしれぬ。それでも、よかったのか」

「へえ。そんときは仕方ありません。おやじの仇討《あだう》ちであれば、おたまもわかってくれるかもしれませんから」

「そうか。ならばよい」

剣一郎はためらったが、これでしか『備前屋』に乗り込む口実がないと思った。

「よいか。これから、豊太郎として行動するのだ」

「へえ」

政次は不審そうな顔をした。

「そなたは、最初の予定通り、『備前屋』に乗り込むのだ。いや、正面からではなく、密かに忍び込むのだ。あとから、我らがそなたを捕らえるために忍び込む」

剣一郎は自分の目論見《もくろみ》を話した。

「わかりやした」

政次は燃えるような目で答えた。

「ただし、これは命懸けだ。へたをすれば、殺されるやもしれぬ」

「かまやしません」

「よし。すまぬが、大番屋に来てもらおう」

「へい」

剣一郎は小舟町の自身番に寄り、店番の者に京之進と作田新兵衛への言づけを頼み、それから南茅場町の大番屋に向かった。

四

夕方になって、新兵衛と京之進がやって来た。

政次を見て、ふたりは怪訝な顔をした。

「この政次は、やはり『備前屋』の先代豊右衛門の息子の豊太郎だった」

「そうでしたか」

感慨深げに、京之進が政次の顔を見た。

政次は苦しげな表情で頷いた。

「すべての発端は、博打に狂った豊太郎を利用し、常盤町の賭場の胴元だった惣兵衛と旗本勝山谷右衛門が『備前屋』を乗っ取ろうとしたことだ」

剣一郎はふたりに事情を説明した。

「『備前屋』は勝山谷右衛門の屋敷にも紙を納めていた。だから、勝山谷右衛門は豊右衛門とも懇意にし、『備前屋』のこともよく知っていた。乗っ取りの首謀者は勝山谷右衛門かもしれない。ちなみに、惣兵衛の妹は仲町の芸者だった女で、勝山谷右衛門の妾になっているという」

新兵衛と京之進はときには悲憤の表情を交えて聞いていた。

「勘当になった豊太郎はとうとう堅気になれず、やくざに身を落としたが、店のことが心配で江戸に舞い戻って、家族の惨状を知った。それで、ようやく自分が罠にかけられたことを知ったのだ」

「なんという卑劣な」

京之進は惣兵衛と勝山谷右衛門に怒りを向けた。

「乗っ取りの目的はなんなのでございましょうか」

新兵衛が冷静にきいた。

「惣兵衛は紙の仲買人と称していたようだが、実際は博徒だ。紙問屋の主人としておとなしく納まるつもりではないことは明白だ。おそらく、『備前屋』の看板を隠れ蓑《みの》にした賭場を開くためだったと思われる」

「なんと、江戸の真ん中で賭場を」

新兵衛が呆れた。

町内で博打をすれば、名主・五人組も連座で罰を受ける。したがって、町内で賭場が開かれることはほとんどない。これまで摘発された賭場はたいがい場末か、村の荒れ寺だったりする。

「これまでの賭場は不便な場所で、通うには面倒だ。そこで、須田町の『備前屋』に目をつけたのであろう。あそこなら、大店《おおだな》の主人も集まりやすい。おそらく、それまでは勝山谷右衛門の屋敷で賭場が開かれていたと思われる。そのことがばれそうになり、別の場所を探していたところではなかったのか。両者にとって、『備前屋』は恰好の場所だったに違いない」

剣一郎はさらに続けた。

「備前屋惣兵衛は、無尽講の集まりと称しているが、それは表向き。実態は賭場が開かれているに違いない」

「『備前屋』が賭場だとすると、懐古堂殺しはひょっとして……」

京之進が口をはさんだ。

「うむ。博打でいざこざがあったのかもしれない。懐古堂を生かしておくと、秘密をばらされると思い、口封じをした可能性がある」

「そうしますと、東條どのも惣兵衛の手で？」

「そうだ。東條どのは太田屋を通じて惣兵衛をゆすったのではないか。あるいは、東條どのの目的はその仲間に加えてもらうことだったのかもしれぬ。だが、勝山谷右衛門はそんな男を信用せず、腕の立つ家来に始末させたのであろう」

剣一郎は少し間を置いてから、

「残念ながら懐古堂も東條どのの件も証拠がない。ましてや、旗本が絡んでいるとなると探索は厳しいと言わざるを得ない。だが」

と、さらに口調を強めた。

「江戸の真ん中で御法度《ごはっと》の賭場を開くために『備前屋』を乗っ取り、さらには秘密を守るためにふたりの人間の命を奪った鬼のような輩《やから》を断じて許しておくわけにはいかぬ」

剣一郎は京之進と新兵衛の顔を交互に見つめ、

「きょうは『備前屋』で無尽講の集まりがあり、ひとが集っている。おそらく、きょうは夜通し博打が行なわれるに違いない。今宵は、賭博の現場を押さえる絶好の機会だ」

「はっ」

　京之進と新兵衛は意気込んで応じる。

「ただ、我らはこのままでは『備前屋』には踏み込めぬ。何ら証拠はないのだ。そこで、この豊太郎を使おうと思う」

「と申されますと？」

　京之進が不審そうな目を向けた。

「豊太郎は『備前屋』を乗っ取られたことへの復讐のために、これから『備前屋』に乗り込む。そのことを知った我らは、豊太郎を取り押さえるために『備前屋』に押しかける」

　剣一郎はふたりの謀《はかりごと》を詳しく話した。

「わかりました」

　ふたりは気負って答えた。

「政次。よいな」

　剣一郎は確かめる。

「へい。ありがとうございます。きっと、手筈どおりにやってみせます」

　政次こと豊太郎は、目を鈍く光らせて言った。

「新兵衛」

剣一郎は新兵衛に声をかけた。

「政次がうまく『備前屋』に忍び込めるように手を貸してやってもらいたい」

「畏まりました」

そのとき、暮六つ（午後六時）の鐘が鳴り出した。

「よし。我らは五つ（八時）に『備前屋』に押しかける。政次はそれまで、『備前屋』の庭にでも潜《ひそ》んでいるのだ。よいな」

「へい」

「匕首《あいくち》は持っているか」

「あります」

政次は胸に手をやった。

「よし。では、新兵衛、頼んだ」

「畏まりました。よし、政次」

新兵衛は政次といっしょに大番屋を出た。

「政次の身に万が一のことがあったら……」

京之進が心配そうにきいた。

「政次は最初から死ぬ気だった。だが、我らがついていれば、むざむざと死なせはせぬ」

「はい」

「では、私も先に行って『備前屋』を見張っている。そなたは捕り方を集め、五つまでに来てくれ」

「わかりました」

大番屋を出ると小雪が舞いだしていた。

「積もりそうだな」

いったん奉行所に戻る京之進と別れ、剣一郎は須田町へ足を向けた。

ひとつ、大きな気がかりは今宵、勝山谷右衛門が来ているか否《いな》かだ。

たとえ踏み込んだとしても、勝山谷右衛門に立ちふさがれた場合、どう出るか。相手は旗本だ。

ただ、武士が賭博をすると罪は重い。切腹は許されず、斬首だ。そんな危険を冒してまで、賭場に勝山谷右衛門がやって来るだろうか。

だが、油断はならない。

日本橋を渡り、剣一郎は大通りを須田町に向かった。雪は激しくなった。

政次は、金貸し善兵衛と多助のふたりを殺した罪を背負っている。さらに、おすみとおこうのふたりの協力を得ている。このふたりに災難がかかることは避けたいだろう。いざとなれば、死ぬ覚悟の末の所業だったに違いない。

亡き父豊右衛門の期待を裏切り、ついにやくざに身を落とした自分に嫌悪感を抱いているはずだ。母親とおたまの不幸な暮らしを垣間見たことも、政次に五体を引きちぎるほどの苦しみをもたらしているのだ。

どのみち、政次は死を選ぶつもりなのかもしれない。

大戸を閉めている商家もあり、軒行灯に明かりが灯っている商家もある。帰宅を急ぐように足早に行きすぎる者も多い。

須田町の町木戸を入った。紙問屋『備前屋』は大戸を閉め、脇の潜《くぐ》り戸からひとが出入りをしている。

剣一郎は斜め向かいにある味噌《みそ》問屋と八百屋《やおや》の間の路地に入った。しばらくして、新兵衛がやってきた。

「どうだ？」

「はい。無事、潜《もぐ》り込みました。私もいっしょに忍び込んだのですが、どうやら離れの大部屋が賭場のようです。店のほうとは渡り廊下でつながっていますが、その廊下に見張りがいて、いちいち客を確認しています」

「さすがに用心深いな。で、勝山谷右衛門は来ているようか」

「いえ、見かけません」

「そうか」

「客はだいぶ集まっています。大店の旦那方や医師や絵師など、そうそうたる顔ぶれです。おそらく、賭場はひとつだけでなく、幾つか出来ているのではありますまいか。今夜だけで、かなりな額が動くのではないでしょうか」

「うむ。いまも、裕福そうな姿の男が入って行った。これほど、盛んだとはな」

なぜ、博打に手を染めるのか。いくら禁止しても、陰で行なわれる。決して、なくなることはない。

一攫千金の夢を求めるのだろうか。貧しい者か追い詰められた者なら、一か八かの賭けに出ることも考えられるが、大店の旦那を引き付けるものはなんなのか。

刺激か。賭け事というのは人間の持っている本能のひとつなのであろうか。

賭け事といえば、幕府が公認している富くじも賭け事の一種かもしれない。しかし、富くじは公平に行なわれる。

だが、賭博にはいかさまが常に付きまとう。現に、豊太郎もいかさまに引っ掛かり、『備前屋』を乗っ取られたのだ。

誘惑に負けたほうも悪いが、それ以上にいかさまをしてひとの一生を奪う輩は断じて許してはおけないのだ。

これだけの大きな賭場で、裕福な者たちが博打をすれば胴元の惣兵衛に入る金は相当なものだろう。

そして、その金の一部は勝山谷右衛門にも流れているに違いない。

五つ（午後八時）まで、あとわずかとなった。屋根がうっすらと白くなっていた。

京之進がやってきた。

「自身番の前に集結しております」

「よし」

剣一郎は自身番に向かった。

同じ定町廻り同心の只野平四郎や臨時廻りの同心も待機していた。

「ごくろう」

剣一郎はみなに声をかけた。

「青柳さま。心が逸《はや》ります」

博打稼業の人間をダニのように思っている平四郎が昂奮して言う。

「うむ。だが、表向きは豊太郎という男の捕縛《ほばく》だ。そのことを心に留めておくのだ」

「わかりました」

「それでは京之進の指図に従うように」

そう言い、京之進は『備前屋』の裏口に平四郎を向け、その他の者は表に配置した。

そして、剣一郎は京之進と共に、『備前屋』の大戸に向かった。通りがかりの者が何事かと目を見張っている。

京之進は潜り戸の前に立った。

「では」

剣一郎に確かめてから、京之進は戸を激しく叩いた。

「南町定町廻りの者である。至急、開けられよ」

戸の内側から騒ぐ声が聞こえた。

「怪しい者が屋内に侵入した。急ぐのだ」

京之進が急《せ》かす。

「少々、お待ちを」

あわてた声がしたが、ぐずぐずしている。おそらく、誰かを惣兵衛に知らせにやったのだろう。時間稼ぎをしているのだ。

ようやく、戸が開いた。京之進は土間に入った。剣一郎も続く。

そこに、羽織姿の四十絡みのいかつい顔の男が奥から大股で出て来た。つり上がった細い目は刃のように鋭く、唇は赤みを帯びている。

「いったい、いかがいたしましたか」

咎《とが》め立てするような声で、惣兵衛は言った。

「備前屋惣兵衛か」

京之進が惣兵衛の前に出た。

「さようでございます」

「南町定町廻り同心の植村京之進だ。『備前屋』の様子を窺《うかが》っていた怪しい男を覚えていよう」

「はい」

「その男は『備前屋』の先代豊右衛門の倅《せがれ》豊太郎であることがわかった」

「なんですと。豊太郎……」

「そうだ。十年前、勘当されて江戸を離れた豊太郎が舞い戻って来たのだ。不審の儀があり、大番屋にて取調べたるところ、自分をいかさま博打で追い込み、店を乗っ取った惣兵衛に復讐をするのだと言って、大番屋を飛び出した。どうやら、この屋敷内に忍び込んだ模様である。よって、これから屋内を検《あらた》めさせてもらう」

京之進が大音声《だいおんじょう》で言い放った。

「お待ちください。きょうは、無尽講の寄合がございまして、大旦那衆がお集まりでございます。どうか、私どもにお任せくださるように」

あわてて、惣兵衛が叫んだ。

「ならぬ。これからひとを殺すと言って大番屋を飛び出した男だ。我らが取り押さえねばならぬ」

「困ります」

惣兵衛が立ちふさがった。

「なぜだ？　豊太郎はそなたを狙っているのだ」

「私どもには護衛がついております。我が身は自分で守ります」

「いや。我らは豊太郎を生きて捕らえねばならぬのだ。そなたの護衛が、万が一にも豊太郎を殺すことがあってはならぬのだ」

京之進が奥に向かおうとすると、

「待たれよ」

と、廊下の暖簾《のれん》をかき分けて、小肥りの武士がしゃしゃり出た。

「これは勝山さま。わざわざお出ましいただき、恐縮にございます」

惣兵衛がわざとらしく呼びかけた。

旗本勝山谷右衛門はやはり来ていたのかと、剣一郎はかえって闘志を湧き立てた。

「今宵、わしは備前屋に招かれた。賊が忍び込もうが、わしらが退治してくれる。早々に立ち去られよ」

「勝山さま」

剣一郎は一歩前に出た。

「じつは、豊太郎は自分をいかさま賭博に誘い込み、『備前屋』を乗っ取ったのは備前屋惣兵衛と勝山さまがぐるになってのことと思い込んでおります」

「迷惑なことよ」

谷右衛門は口許に冷笑を浮かべた。

「豊太郎は、勝山さまにも牙を剝《む》いて向かって行きましょう。さすれば、勝山さまは豊太郎を無礼討ちになされましょう。さっきも申しましたように、我らは豊太郎を生きて捕らえねばならぬのです。そして、なぜ、そんな妄想を抱いたのか。その根拠は何かを問いたださねばなりませぬ。どうか、我らに、お任せくだされ」

「ならぬ。この先、一歩たりとも不浄役人が踏み込むこと、まかりならぬ」

谷右衛門が眦《まなじり》をつり上げ、歯ぐきを剝きだして不快感を示した。

「不浄役人ながら、我らには惣兵衛と勝山さまをお守りし、豊太郎を捕らえる役目がございます」

剣一郎は一歩も引き下がることなく言う。

と、そのとき、庭のほうで騒ぎが起こった。示し合わせたとおり、政次が暴れ出したのだ。

「火急のことゆえ、失礼仕《つかまつ》る。行け」

剣一郎は京之進に奥に向かうことを命じた。

「待て」

いきなり、谷右衛門が脇差を抜き、京之進に襲いかかろうとした。剣一郎は谷右衛門に飛び掛かった。

「勝山さま。ご乱心めされたか」

剣一郎は谷右衛門の腕を押さえて叫んだ。

「無礼もの」

谷右衛門が叫ぶ。

すると、家来らしき大柄な侍が抜き打ちに斬りかかった。

剣一郎は谷右衛門から脇差を奪い、襲いかかった刀を大きく弾き返した。

「やめられよ」

剣一郎は叱責する。

「殿様に対する無礼、許さぬ」

大柄な侍が正眼に構えた。新兵衛をはじめ、捕り方が家来を取り巻いた。

「河合《かわい》、やめろ」

谷右衛門が叫んだ。家来は刀を引き、鞘に納めた。

それを確かめるや、京之進が奥に向かった。

「待て」

惣兵衛が悲鳴のような声を上げて追い掛けようとした。

「お待ちください」

剣一郎は谷右衛門の前に立ちふさがった。

「きさま、旗本に対してなんたる無礼を。許さぬぞ」

谷右衛門が喚いた。剣一郎は脇差を自分の背中にまわして、腰を折った。

「失礼仕りました。なれど、勝山さまが奉行所の同心に斬りかかったとなれば、ことは大事になりましょう」

「きさま。何者だ？　こんなことをしてただですむと思うな」

谷右衛門はまるで無頼漢《ぶらいかん》のような台詞《せりふ》を口にした。

「勝山さま。なにをそれほど、我らが奥に行くのを嫌がられるのでしょうか。まさか、離れにて、賭場でも開いているわけではありますまいに」

「なに」

目玉が飛び出さんばかりに、谷右衛門は目を見開いた。再び、家来の侍も刀の柄《つか》に手をかけた。

「名を、名乗れ」

「拙者《せつしや》は南町与力青柳剣一郎と申します」

「青柳……」

谷右衛門はあっという顔をした。

そのとき、離れからの騒ぎが大きくなった。悲鳴が轟《とどろ》いた。

おそらく、裏口から只野平四郎たちが乗り込んだのだろう。しばらくして、京之進がやって来た。

「青柳さま。離れにて、賭場が開かれておりました」

「よし。賭場にいた者を離れに閉じ込めておけ。すぐ行く」

「はっ」

再び、京之進が離れに戻って行った。

「俺は知らぬ。関係ない」

谷右衛門が叫んだ。

「何をでございますか」

「賭博などしておらぬ」

「賭場が開かれていることはご存じだったのですか」

「知らぬ」

谷右衛門は憤然として顔を背けた。

「失礼ではございますが、離れまで御足労ねがえますまいか」

谷右衛門は青ざめた顔でついてきた。

通り庭を抜け、庭伝いに離れに行くと、京之進や平四郎が遊び人ふうの目つきの鋭いいかつい顔の男たちを縄で縛り上げていた。六人だ。

「三つの盆茣蓙《ぼんござ》にそれぞれついていた壺振りと中盆です。客は大部屋の中です」

京之進が知らせる。

すぐ近くで、惣兵衛が顔を強張《こわば》らせて立っており、その横にいつぞや政次をつけていた番頭の浜太郎こと中盆の忠助が頬《ほお》を引きつらせていた。

「惣兵衛。無尽講の集まりと偽《いつわ》り、賭場を開帳していたとはまことにもって不埒《ふらち》千万。この上は、潔《いさぎよ》くお縄につけ」

京之進が一喝する。

「不浄役人め」

いきなり谷右衛門が前に出て叫んだ。

「おまえたち、最初からこのことに狙いをつけて来たのか。豊太郎が侵入したなどと偽りおって」

「勝山さま。豊太郎は忍び込んでいます」

剣一郎は京之進に目配せした。

すぐに、京之進が男を連れて来た。政次こと豊太郎だ。

「惣兵衛。覚えているか。『備前屋』の豊太郎だ。横にいるのは、常盤町の賭場で中盆をやっていた忠助だな。てめえたちは俺をいかさま博打に誘い、『備前屋』を……」

「黙りやがれ」

地が出たように、惣兵衛が乱暴な口調で叫んだ。

「出鱈目《でたらめ》を抜かすんじゃねえ。俺は、おめえの親父から『備前屋』を任されたんだ。てめえの道楽のせいで人手に渡ろうとしたのを、俺が守ってやったんだ。お役人さんがた、こいつは出鱈目を言ってやす」

「じゃあ、なんでおふくろと妹を追い出したんだ？」

「知るか。勝手に出て行ったんだ」

「嘘つくな。そこの勝山さまとぐるになって、親父をだましやがって。俺が帰って来たら、店を渡すという約束だったんじゃねえのか」

「無礼もの」

谷右衛門が叫んだ。

「おまえが博打で大負けしたことが、そもそもの原因ではないか。それを、他人に責任を転嫁するとは見下げた奴」

「勝山さま。あなたさまはあっしを勘当すれば、あとはいいように計らってやると、親父を言いくるめたんじゃないですかえ。勝山さまの押しつけで、おやじはいやいや惣兵衛を養子にしたんだ」

政次は昂奮からか肩で大きく息をしていた。

「いい加減なことを言いよって。許さぬ」

谷右衛門は顔を引きつらせ、

「無礼討ちにしてくれる」

と、傍らにいた家来に目配せをした。

いきなり、家来の侍は刀の柄に手をかけ、政次に向かって突進した。同時に剣一郎も走った。家来が政次に斬りつけた。寸前、剣一郎は政次の体を突き飛ばし、相手の振り下ろした剣を抜刀して鎬《しのぎ》で受けとめた。

剣一郎が押し返すと、うむと唸《うな》り、相手は顔を紅潮させて渾身《こんしん》の力を入れて来た。その間に、惣兵衛が匕首を抜いて、政次に襲いかかった。京之進が惣兵衛の匕首を十手で叩き落とした。

剣一郎は回り込みながらさっと剣を下げ、相手がよろめいたところにその右肩に峰打ちを浴びせた。

呻き声を発し、家来は倒れ込んだ。

京之進が剣一郎に目顔で同意を求めたあと、

「惣兵衛らを引っ立てよ」

と、奉行所の小者たちに命じた。

「あとはよろしくお願いいたします」

京之進は剣一郎に言って、惣兵衛たちを連れて、大番屋に向かった。政次こと豊太郎もついて行く。

「勝山さま。お伺いしたい儀があります」

剣一郎が呼びかけると、谷右衛門は虚《うつ》ろな目を向けた。

「過日、薬研堀にて、小普請組の東條廉太郎どのが斬り殺されました。そのとき、勝山さまは『伊予亭』におられたそうにございますが？」

「知らぬ」

谷右衛門は叫んだ。

「わしには関係ない。引き上げる」

谷右衛門は引き上げかけた。

「勝山さま。いずれ、他の者から自白が得られましょう。勝山さまには、後日、奉行所より御目付を通して沙汰があろうかと存じます」

谷右衛門の足が止まった。

「勝山さま。武士が博打に絡めば重罪でございます。切腹も許されません」

剣一郎はそのことを強調した。

「きさま」

振り向いた谷右衛門は何か言いかけたが、すぐに大股で去って行った。

谷右衛門が引き上げてから、剣一郎は新兵衛を呼び、

「家来のほうは逃げ出す可能性がある。勝山どのの見張りを続けてくれ」

と命じてから、離れの大部屋に行った。

大部屋に、二十数名もの旦那衆が不安そうな顔で悄然《しょうぜん》と待っていた。平四郎が岡っ引きを使って、全員の名前を聞き取らせていた。

平四郎が駆け寄った。

「全員の名前の聞き取りが終わりました」

「ごくろう」

剣一郎は平四郎に声をかけてから、旦那衆の前に立った。日本橋や京橋の大店の主人の顔もあった。

「御法度であることを承知しながら博打を続けていたのは言語道断であると言わざるを得ぬ。場合によっては家財没収もあり得るのだ。このたび、当賭場の仕組みなど包み隠さず白状すればおかみにもご慈悲がある。よいか」

「ははあ、申し訳《しらが》ございませぬ」

一番前にいた白髪混じりの恰幅のよい男が頭を下げた。つられたように、他の者も

腰を折った。

「よし。今宵は引き上げよ。後日、改めて呼出しがあろう」

その言葉に一同はいっせいに立ち上がった。

ぞろぞろ渡り廊下に出て行く旦那衆を見送っていたが、ある人物に目を留め、呼び止めた。

「太田屋」

剣一郎の声に、太田屋はびくっとしたように立ちすくんだ。

「そなたは残れ。ききたいことがある」

「はい」

太田屋は力なく答えた。

博打の客がすべて引き上げたあと、四隅の行灯《あんどん》の明かりが盆茣蓙の上の壺とサイコロをわびしく浮かび上がらせていた。

盆茣蓙の横に座らせ、剣一郎は太田屋に諭すように言った。

「この期に及んで偽りを申しても何の益もないことはわかっておろうな」

「はい」

太田屋は神妙に答えた。

「私が『伊予亭』に呼ばれたとき、そなたは東條廉太郎どのといっしょだったな」

「はい」

「そのとき、もうひとりいたそうだが、誰だ?」

「『備前屋』の番頭の浜太郎でございます」

「東條どのは何のために私を呼び出したのだ?」

「はい。東條さまは『備前屋』で賭場が開かれているのを嗅ぎつけ、私を通して『備前屋』にゆすりをかけたのでございます。あの日は、私に『備前屋』の惣兵衛さんを『伊予亭』に呼び出させたのでございます。実際には、番頭の浜太郎がやって来ました。そこで、こう申されました。俺は青痣与力と懇意にしている。いつでも、言いつけることが出来ると。だから、黙っていて欲しければ百両出すように備前屋に伝えよと言いました。そして、青柳さまがいらっしゃると、私たちを待たせて、いかに青柳さまと親しいかを見せつけたのでございます」

「どうして、東條どのは『備前屋』で賭場が開かれていることを知ったのだ?」

「じつは、私は東條さまのお屋敷で開かれていた賭場にときたま顔を出しておりました。その賭場は、神田花房町の下駄屋『苅田屋』の主人が首吊り自殺をしたことから中止になったのでございます。と、申しますのも苅田屋さんはいかさまにひっかかったのだという話が囁《ささや》かれ、客足が遠のいたのでございます。いずれ、奉行所の耳にも入るかもしれないと用心して、賭場が閉鎖されたのです。その賭場にいた壺振りが惣兵衛に誘われ、『備前屋』の賭場で壺振りをはじめたのです。東條さまは、偶然にその男を町中で見かけ、あとをつけ、『備前屋』に入って行くのを見届けたそうです。それから、私に近づき、『備前屋』のことで鎌をかけてきました」

「そなたは、どうして『備前屋』の賭場に顔を出すようになったのだ?」

「寄合の席で仲間から誘われました。無尽講の集まりと称しているから、絶対に安全だと。それに、仲間に加わるのには十両以上の金を最初に預けなければならないという決まりなのです。もし、負けが嵩《かさ》み、払えなくなったらその預け金から取り崩す。ようするに、破産するような事態に追い込まないための配慮がされている。その金はやめるときには返してもらえるということでした」

「なるほど。ようするに、金に余裕のある客しか相手にしないということか」

「はい。それから、江戸の真ん中で賭場が開かれているとは誰も想像しないだろうと」

「東條どのを斬ったのは誰だ?」

「おそらく、勝山谷右衛門さまのご家来かと思います」

「いっしょにいた男か」

剣一郎は想像どおりであることを確かめてから、さらにきいた。

「神田佐久間町の『懐古堂』の主人が和泉橋の近くで殺された。これも、備前屋絡みではないのか」

「はい。さようにございます」

太田屋は素直に応じて続けた。

「懐古堂さんは、東條さまの屋敷の賭場で壺振りをしていた男の顔を覚えていたのです。その男が『備前屋』の賭場で壺を振るようになったことで、嫌気が差したのでございましょう」

「なるほど。それで、十両は返って来たのか」

懐古堂は『備前屋』からの帰り、十両を持っていたはずだ。

「いえ。ほんとうに十両を返したかどうかわかりません」

「なぜ、惣兵衛は返さぬのだ？」

「預かり金がないのではないかと」

「なんだと」

「少なくとも、全員がいっせいにやめると言い出したら、返す金はなかったはずです」

惣兵衛は最初に納める預け金にもすぐ手をつけていたというのだ。おそらく、金は勝山谷右衛門にも渡っているはずだ。その金を、谷右衛門は上役にも賄賂《わいろ》として送り、出世を図ろうとしていたのであろう。

「太田屋。そなたは、どうしてそこまで詳しいのだ?」

「じつは、これは東條さまが調べたことでございます。『伊予亭』で、『備前屋』の番頭の浜太郎にそう話して威したのです。浜太郎は否定していましたが」

「そうか、東條どのはそこまで調べていたのか」

「はい。私にこの話をして、惣兵衛さんとの仲介をさせようとしたのです。懐古堂さんが殺されたのも、『備前屋』の惣兵衛が命じたのだと言っていました」

「そうか」

東條廉太郎の自信に満ちた態度は、そこから来ていたのだ。だから、逆にいえば、惣兵衛や勝山谷右衛門にとっては、生かしておけぬ存在だったというわけだ。

「太田屋。よく、話してくれた。このことを、大番屋にても詮議所にても話してくれい。さすれば、そなたの罪は問わないであろう」

「はい。畏まりました」

太田屋は深々と頭を下げた。

五

翌日、京之進は惣兵衛を取調べていた。

「なぜ、『備前屋』に目をつけたのだ?」

「十年前、常盤町の流行《はや》らない料理屋で小さな賭場を開いておりました。そこに『備前屋』の豊太郎が通っておりました。そのことを、勝山さまに話したら、うまくすれば『備前屋』を乗っ取れると言い出したんです。勝山さまから、江戸の真ん中で賭場を開けば、大店の主人を客に出来る。『備前屋』は好都合だ。そこで、無尽講を隠れ蓑に賭場をやるのだと勧められました」

惣兵衛は観念したように喋った。

「豊太郎をいかさまで追い詰めたのだな」

「はい。いかさまとも知らず、どんどん豊太郎は熱くなっていきました。最後にお店を賭けて負けると、逆上して仲間に怪我を負わせたんです。それを恰好の口実に『備前屋』に乗り込みました」

「おまえが『備前屋』に乗り込んだのか」

「いえ、勝山さまです。勝山さまが主人の豊右衛門に会い、豊太郎を奉行所に突き出す代わりに勘当し、更生して戻って来るまで、お店を私に任せるという提案を受け入れさせたのです。それで、私が豊右衛門の養子になり、『備前屋』に入りました」

「すぐに賭場を開いたのか」

「いえ。豊右衛門を衰弱死させ、その後、内儀と娘を追い出し、奉公人も入れ換えたあとです」

「客はどうやって探したのだ？」

「勝山さまのお屋敷出入りの商人や芸者時代の妹の客などに声をかけ、少しずつ客を広げていきました。無尽講の集まりと称し、さらに最初に十両以上の預け金をとるということがかえって信頼されて、客はどんどん増えて行きました。ところが、勝山さまが、もう少し寺銭が欲しいというので、いかさまをやりはじめたのです。いかさまの出来る腕のいい壺振りがもうひとり欲しいと思っていたときに、神田花房町の『苅田屋』の主人が首吊り自殺をしたことから東條さまの屋敷の賭場が閉鎖されました。それで、そこで壺振りをしていた男を雇い入れたのでございます。まさか、その壺振りの男から、東條さまにゆすられる羽目になろうとは想像もしませんでした」

惣兵衛は一切を語った。

京之進が剣一郎に顔を向け、

「何かございますか」

と、きいた。

「いや、いい」

剣一郎はすべて京之進に任せた。

懐古堂殺しと東條廉太郎殺しについては、太田屋の話とほぼ同じだった。無尽講をやめると言い出した懐古堂が、この先危険な存在になることと、十両の金を返すのも惜しく、事件の日は結局金を渡さずに帰し、番頭の浜太郎にあとを追い掛けさせて物取りに見せかけて殺した。東條廉太郎については、勝山谷右衛門に相談したところ、谷右衛門が『伊予亭』に呼出し、家来の侍が待ち伏せて殺したと語った。

番頭の浜太郎も、懐古堂を殺したことを認めた。

京之進が心配そうにきいてきた。

「勝山どののほうはいかが取り計らいましょうか」

「宇野さまを通じ、お奉行から御目付に話を持って行ってもらうつもりだが、おそらくその必要はあるまいと思う」

そう言って、剣一郎は吐息を漏らした。

「それでは、私は惣兵衛の入牢証文をもらいに行って来ます」

京之進が奉行所に向かったあと、剣一郎は政次こと豊太郎のそばに行き、

「政次」

と、声をかけた。

「惣兵衛はすべてを語った。『備前屋』はそなたの手に戻ろう」

「いえ、あっしにはその資格はありませぬ。どうか、おっかさんとおたまに与えてくださいまし。砂吉は立派な男です。おたまとふたりで、きっと『備前屋』を立て直してくれることでございましょう」

「そなたは、どうするつもりだ?」

「もう、何も思い残すことはありませぬ。青柳さま。じつはあっしは金貸し善兵衛と多助のふたりをこの手にかけました」

「お裁きを受けると申すのか」

「はい。ただ、お願いがございます」

「なんなりと申せ」

「はい。あっしのことはおっかさんとおたまに内密に願えませんでしょうか。あっし

が、おたまのために罪を犯したと知って、また苦しむといけねえ」

「あいわかった。ただ、そなたが罪を受けるとなると、おすみとおこうに累《るい》が及ぼう。これから、ふたりのところに行き、委細を話し、それから明日奉行所に自訴いたせ。それに、せめて、母親とおたまの顔を見ておけ」

「ありがとうございます」

政次は何度も頭を下げながら大番屋を出て行った。


翌日、剣之助は当番所に与力の村本繁太郎と並んで勤務した。

昼前のことである。当番所にいきなり遊び人ふうの男がやって来て、うずくまった。

「これ、順番を守らぬか」

村本繁太郎が注意をした。

隣では、物書同心が訴人から訴状を受け取っているところだ。その訴状が物書同心から村本繁太郎にまわって来るのだが、その男は他の訴人を出し抜いて与力の前にやって来たのだ。

「あっしはひとを殺しました。自訴に参った者にございます」

顔を上げ、男が訴えた。剣之助はその顔を見て、あっと思った。

「なに、ひとを殺したと」

繁太郎は緊張した声で、

「子細を申してみよ」

「へい。あっしは政次と申します。奉公人の多助が金貸し善兵衛を殺し、おこうなる女の家に立て籠もったという事件がございました。じつは、あれはあっしがやったことでございます」

「な、なんだと」

繁太郎があわてた。

「立て籠もっていたのは私でございます。多助のふりをして女を人質にとっていたのです。そのとき、多助は縄で縛って猿ぐつわをかませ……」

「待て」

剣之助は政次の声を遮《さえぎ》った。

そして、繁太郎を裏に呼んだ。

「村本さま。我らが出張った捕物出役でのことを訴えております」

「そうだ。あの事件に裏があったなど信じられぬ。しかし、そなたは疑問を持っていたようだな」

繁太郎は震えを帯びた声できいた。

「はい。ですが、あれは、やはり多助の仕業であることは明白。政次なる者、妄想にとらわれているとしか思えませぬ。厳重に注意して追い払いたいと思いますが、私にお任せいただけませぬか」

「しかし」

繁太郎は気弱そうに言う。

「だいじょうぶです」

「そうか。では、任せる」

「はっ」

剣之助は会釈をしてから当番所に戻り、政次を当番所の隅に連れて行き、

「政次と申したか。けりがついておる事件について自分の仕業だと訴えるのはおかみを愚弄《ぐろう》するものだ。いたずらに奉行所を混乱に陥《おちい》らそうという意図があるなら、そのことで取調べなければならぬ。だが、出来心ならば、今回だけは見逃してつかわす。さっさと、引き上げよ」

「でも……」

剣之助は小声で、

「よいですか。あなたは別な形で、罪を償《つぐな》うのです」

と、言った。

政次は驚愕したような目を向けていた。


表門の横の小門から悄然と政次が出て行った。剣一郎はあとを追った。

剣一郎は当番所の後ろから、いまの剣之助と政次のやりとりを聞いていたのだ。

政次は俯《うつむ》き加減に数寄屋橋《すきやばし》を渡った。剣一郎は橋を渡り切ってから、声をかけた。

「政次」

ぴくっとして、政次は立ち止まり、振り返った。

「青柳さま」

政次は泣きそうな顔をしていた。

「あっしはどうしたらいいんでしょうか。自訴を認められませんでした」

「うむ。仕方ないかもしれぬ。証拠がないのだ」

「でも、あっしの犯した罪は……」

「さっき若い与力から言われたであろう。別な形で償うのだと」

剣一郎は戸惑《とまど》っている政次に続けて言った。

「まず、江戸を離れ、少なくとも五年、一から紙の仕事について学んでくるのだ。そして、今度こそ、まっとうな人間になって戻って来い。そのとき、改めて母親とおたまに再会するのだ」

「青柳さま」

「母親とおたまのことは心配いたすな。きっと、『備前屋』に戻れるようにしてやる」

「ありがとうございます」

政次は深々と体を折った。

そのとき小走りに駆けて来るふたりの女が目に入った。年嵩《としかさ》の女とそれより若い女だ。おすみとおこうだ。

「豊太郎さん」

ふたりが豊太郎に駆け寄った。

「どうしてここに？」

政次がきいた。

「豊太郎さんが自訴するなら私たちもいっしょです。それで、急いで追って来たんです」

おすみがきいた。

「ご慈悲なんだ」

政次は答えた。

「青柳さま」

おこうが目を潤ませた。

「詳しいことは政次から聞くのだ。政次」

「はい」

「今度、江戸に舞い戻ったときには堂々と母親とおたまに顔を合わせられるようになっているのだ。よいな」

「はい。必ず」

「では、達者で」

剣一郎は奉行所に戻った。

夕方になって、宇野清左衛門に呼ばれた。

「青柳どの。いま、御目付からの報告があった。勝山谷右衛門が家来のひとりを斬り、自らも腹を切ったそうだ」

「さようでございましたか」

剣一郎は覚えず瞑目《めいもく》した。

賭博の罪に問われれば、切腹は許されない。だから、剣一郎は切腹の機会を与えてやったのだ。

「このたびのこと、ごくろうであった」

「いえ。では、失礼いたします」

剣一郎が引き上げようとすると、

「青柳どの。剣之助のこと、よく考えてくれ」

と、清左衛門が言った。

養子のことだ。

剣一郎は静かに一礼して立ち上がった。

ふと、文七のことを思いだした。文七の素性について、剣一郎はある想像を抱いていた。そのことにほぼ間違いないと思っている。

機会があったら、そのことを文七に確かめてみよう。それより、この先の身の振り方を考えてやらねばならないと思った。

退出時間を過ぎ、剣一郎は奉行所を出た。冷たい風が吹きつけているが、空は晴れて、清々しい。

槍《やり》、草履《ぞうり》、挟箱《はさみばこ》、若党らの供を連れ、数寄屋橋を渡ったところで、剣一郎は立ち止まった。

「青柳さま。旅装姿の政次が待っていた。これから、江戸を離れます。どうしても、もう一度、青柳さまに御礼を申し上げたくて。いろいろ、ありがとうございました」

「そうか。母親とおたまの顔を見てきたか」

「へい。おすみさんとおこうさんがうまく計らってくれて、陰ながら別れを告げて参りました」

「それはよかった。で、どっち方面に行くつもりだ」

「今夜は千住宿《せんじゆしゆく》に泊まり、明日は奥州《おうしゆう》街道を北に向かうことにしております。じつは、酒田に行くように言われましたので。酒田の紙問屋でございます」

「なに、酒田の紙問屋だと。うむ、それはいい。達者でな」

「はい。必ず、堅気になって戻って参ります。では」

政次は旅立って行った。

酒田に行くように告げたのは剣之助に違いないと思った。

よし、今宵は剣之助と酒を酌《く》み交わそうと思った。無意識のうちに、剣一郎は顔を綻《ほころ》ばせていた。

一〇〇字書評

冬波

切り取り線

購買動機（新聞、雑誌名を記入するか、あるいは○をつけてください）

- □（　　　　　　　　　　　　　　　）の広告を見て
- □（　　　　　　　　　　　　　　　）の書評を見て
- □ 知人のすすめで　　　　　□ タイトルに惹かれて
- □ カバーが良かったから　　□ 内容が面白そうだから
- □ 好きな作家だから　　　　□ 好きな分野の本だから

・最近、最も感銘を受けた作品名をお書き下さい

・あなたのお好きな作家名をお書き下さい

・その他、ご要望がありましたらお書き下さい

住所	〒				
氏名		職業		年齢	
Eメール	※携帯には配信できません		新刊情報等のメール配信を 希望する・しない		

この本の感想を、編集部までお寄せいただけたらありがたく存じます。今後の企画の参考にさせていただきます。Eメールでも結構です。

いただいた「一〇〇字書評」は、新聞・雑誌等に紹介させていただくことがあります。その場合はお礼として特製図書カードを差し上げます。

前ページの原稿用紙に書評をお書きの上、切り取り、左記までお送り下さい。宛先の住所は不要です。

なお、ご記入いただいたお名前、ご住所等は、書評紹介の事前了解、謝礼のお届けのためだけに利用し、そのほかの目的のために利用することはありません。

〒一〇一－八七〇一
祥伝社文庫編集長　坂口芳和
電話　〇三（三二六五）二〇八〇

祥伝社ホームページの「ブックレビュー」からも、書き込めます。

http://www.shodensha.co.jp/bookreview/

祥伝社文庫

冬《とう》波《は》　風烈廻《ふうれつまわ》り与力《よりき》・青柳剣一郎《あおやぎけんいちろう》

平成24年6月20日　初版第1刷発行

著者　小杉健治《こすぎけんじ》
発行者　竹内和芳
発行所　祥伝社《しょうでんしゃ》
東京都千代田区神田神保町3-3
〒101-8701
電話　03（3265）2081（販売部）
電話　03（3265）2080（編集部）
電話　03（3265）3622（業務部）
http://www.shodensha.co.jp/
印刷所　堀内印刷
製本所　関川製本
カバーフォーマットデザイン　中原達治

Printed in Japan ©2012, Kenji Kosugi ISBN978-4-396-33768-1 C0193